湧玉の鳳凰

Wakutama's Phoenix

UFO搭乗経験者が宇宙の友から教わった

スメラミコトとダイヤモンドの星

別府進一

明窓出版

はじめに

本書に書かれていることに、新しいことは何もありません。おそらく既にどこかの場で記され、語られてきたことばかりでしょう。宇宙の本質は、永遠という時の流れの中で変わることなく存在し続けています。それと同時に、その時々において、これまで存在したことがなく、これからも存在することのない唯一の姿形を取るのもまた確かです。この意味においては、本書にも目新しいことが数々含まれています。

また、当然のことながら、本書は全て私の認識を通して書かれています。認識は人によってまちまちです。

ここで図1を見てみましょう。図1には、事実として同じ長さの線分4本が引かれています。しかし、普通は右側の2本は同じ長さに、左側の2本は違った長さに見えます。事実と違って見えるのは、ヒトの視覚の認知特性です。眼球の問題ではなく、脳での処理の問題なのです。よく知られた錯視ですから、これら4本の線分の長さについて、事実のとおり、「4本とも同じだ」と言っても、視覚が認知したとおり、「違って見える」と言っても、それなりに受け入

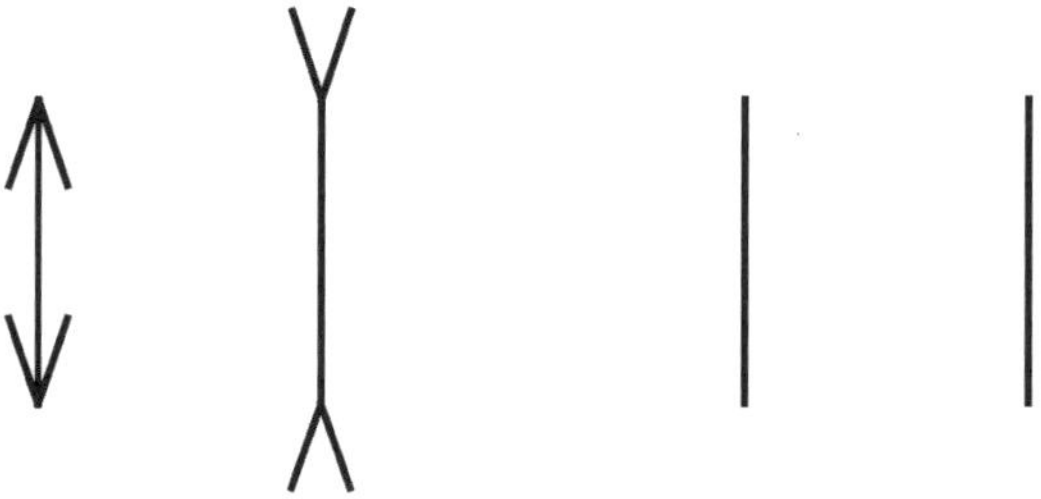

図１　線分の長さの錯視

れられると思います。

ただ、何事につけても、認識がヒトの認知を経ている以上、事実と認識との間に完全な一致を求めるのに無理があることは、十分に承知しておく必要があります。

それに加えて、主観と客観の問題は境界が人によってまちまちで、ほかの人も長さが違うと認識しているから客観的だと考える人もいれば、同じ長さだという認識しか客観的でないと考える人もいます。おそらくは、物差しを当てることができる場合は同じ長さだという認識を客観的事実だと捉える人が多くなり、物差しを当てることができない場合はその反対でしょう。このように主観と客観ということ一つをとっても、その境界は流動的で曖昧です。

私自身はできるだけ物差しを当てようとする部類の人間ですが、一方で、何を客観的だと捉えるのかということ自体が既に主観だと考える部類の人間でもあります。

様々の主観を穢れなく貫くのは直感であり、それらを全体へ融け込ませるのは母性的な感性による俯瞰です。
直感が訪れれば何よりもそれを尊重し、全体の俯瞰を通して理解した内容を記しました。

注…図1、17、29は Wolfram 社の科学技術ソフトウェア Mathematica の Graphics 機能を使って作成

湧玉の鳳凰　UFO搭乗経験者が宇宙の友から教わったスメラミコトとダイヤモンドの星

目　次

準備期間

湧玉の鳳凰誕生

饒速日命とニギハヤヒ

スメラミコトのカルマ

スメラミコトのカルマという言葉を初めて聞いたのは、一九九八年春分の日のことです。その年の正月くらいからだったでしょうか。私は同じ夢を何度も繰り返して見ていました。夢で見ている時代は、1万年よりは前のように思えました。幣立《へいたて》神宮にやって来たのですが、熊本県にある現実の幣立神宮とは違って、高知県の唐人駄場《とうじんだば》近くの山地です。しかも、大きさ5メートルとか、7メートルとか、普通の部屋の二つ分もありそうな大きくて白っぽい花崗岩の磐座《いわくら》が、たくさん並んでいるのです。巫女さんがしぼんで宇宙や地球との太い交流ができなくなったので、その交流を取り戻すために請われてやって来たと、そういう夢でした。この時点では、夢で見た場所にたどり着けそうにありませんでした。

そんな夢を見続けていた2月の終わり、その山を中腹から山頂にかけて登っていく夢を見ました。小川の両側に畑といくつかの住居があり、磐座群の間を縫うように山頂へと上がっていきます。山頂近くの磐座では、春分、秋分、夏至、冬至といった節目に、磐座の凹みを使って大地の恵みに感謝を捧げる祭祀が執り行われているのでした。

目が覚めると、これなら夢で見た場所にたどり着けると確信し、すぐに車で向かいました。そこは白皇山《しらおさん》、高知県足摺岬の最高峰です。畑や住居が跡形もないことを除けば、初めての山道は、まさに夢で見たとおり。歩く先に何があるのかも分かっている状態で、難なく山頂までたどり着きました。

夢の中では古代の幣立神宮であったこの山にある磐座には、昭和天皇が3度もお越しになっているそうです。

それから2週間ほど経った3月の中旬には、散歩していた白皇山の近くで、ふと空を見上げた瞬間、空の一点からキラッと瞬間的に閃光が放たれたのと、そこから「幣立」という漢字が浮かび上がってきたのを見ました。古代の幣立神宮の地で、幣立という文字を見る。あまりにも出来すぎた話だと思いました。なるだけ早く現実の幣立神宮に参拝しようと考え、次の休日に訪ねることにしました。それが春分の日だったわけです。

幣立神宮では境内あちこちの社を参拝して回り、最後に天之御中主大神《あめのみなかぬしのおおかみ》大聖陵の前に立ちました。そこで初めて自分の口から、

「スメラミコトのカルマを担わせてください」

という言葉が発せられたのを聞きました。

雲もない快晴なのに、ゴロンッと雷鳴が轟《とどろ》きました。

全く無意識に出た言葉でしたから、表面的な意識では、いったい何のことだか見当もつきませんでしたが、別の意識は、迷いなく静かな決意を抱いているようでした。雷鳴の徴《しるし》があったことで、より謙虚になれたと思います。

何とかそれをやり遂げたいものだと思いましたが、それから20年の間、それらしき展開は何も開けませんでした。

一九九九年の秋には、厳かな気配に満ちる中、地球の次元上昇に係る全てを統括する高次の

意識体で、地球にはイエス・キリストとして生まれていたサナンダという存在から、

……

今　一つのカルマが　その働きを終えようとしています

それは　あなた方には　スメラミコトのカルマと表現すれば理解されやすいでしょう

……

この事と関わる存在たちとは　雷を通じて繋がりがあります

雷は天と地を繋ぎます

しかし　あなた方には　土を通じて繋がっていると言ったほうが理解しやすいでしょう

と伝えられました。この時もやはり、意味するところは理解できないままでした。

展開がはっきりと分かる形で開けてきたのは二〇一八年からで、結局、これらの言葉をそれなりに理解するには、20年余りの月日が必要だったことになります。

現在では、スメラミコトのカルマとは、次の三つの誕生を言い表す言葉だったのだと思っています。

一九九七年八月一日　湧玉《わくたま》誕生

二〇一九年四月三日　天皇《すめらみこと》の龍誕生

二〇二〇年十二月二十一日　湧玉の鳳凰誕生

湧玉誕生と天皇の龍の誕生については、『天皇の龍』（別府進一　明窓出版）に詳述しましたので概要を述べるにとどめ、スメラミコトの鳳凰、つまり、湧玉の鳳凰（以下、「湧玉の鳳凰」）の誕生については詳述します。

なお、湧玉とは「地球の内奥の中心」を指し、そこには澄み切った純真が浸透しています。地球以外の星にも、それぞれの湧玉が存在します。それから、天皇《てんのう》でなくスメラミコトと表現されている理由は、天皇という言い方よりも古くからスメラミコトという言い方が存在していたのが理由だと推測しています。

湧玉誕生

かつてシリウスでは、龍の魂が引き裂かれるような出来事が起こり、それまでに確立されていたシリウスの湧玉と湧玉の龍との関係性にも乱れが生じました。シリウスの中で起こったこととはいえ、シリウスがこの分野において天の川銀河の進化を牽引する立場にあるため、影響は地球を含む多くの星々に及んだのです。解決のための働き掛けが有効な領域は、銀河の運行とともに変化し、現在は地球が該当しています。

さて、湧玉がスメラミコトと共にある龍や鳳凰を生み出すと、星の霊力は飛躍的に高まります。しかしながら、地球では永きにわたって湧玉が龍や鳳凰を生み出せず、スメラミコトが惑星全体の弥栄《いやさか》を祈る存在であるにもかかわらず、その龍や鳳凰は、湧玉の側にいないという状態が続きました。いわば、ある種の機能不全が続いていたわけです。この問題の解消には、前提条件として、湧玉自体が、龍や鳳凰を生むことのできる湧玉へと生まれ変わることが必要でした。

しかし、湧玉誕生への道は困難を極め、訪れる機会の度に繰り返された失敗は、重く暗いものでした。

近年訪れた一一八五年の壇ノ浦の戦いから一二二一年の承久の乱までの機会においても、些細な釦《ぼたん》のかけ違いをきっかけに始まったずれは連鎖して、瞬く間に怒涛の奔流へと膨れ上がってしまいました。その結果、当時、霊的な重責を担っていた第82代後鳥羽天皇、第83代土御門《つちみかど》天皇、第84代順徳天皇の３人のスメラミコトも自らの役割を果たせずに終わり、最後は無惨に打ち捨てられるような結末を迎えてしまったのです。承久の乱の後は、後鳥羽上皇が隠岐国、順徳上皇は佐渡国へと流され、父と弟とが流されたのに自分だけ都に残ることは出来ないと言った土御門上皇は、土佐国へ流されました。

自身の失敗がいかに深刻で取り返しのつかないものだったのかを悟った土御門上皇は、土佐国の眞牧山《しんぼくざん》平等院長谷寺奥の院において、全ての責任を担う心境で全身全霊の祈りを捧げ、その結果、後世での解決に至る礎《いしずえ》が築かれたのです。さらに、一二二三年には土佐国の6か所、最後は山の中の轟神社で祈りを捧げます。こうして湧玉誕生への秘策を含むスメラミコトのカルマの七つの封印を完了し、湧玉誕生へ向けての命脈は、かろうじて保たれたのでした。

時は流れて一九九七年、私もスメラミコトのカルマの封印はおろか、土御門上皇のことさえ何も知らない頃の話です。

知人が、この年の七月が地球にとって大きな境目となるというメッセージを受けていたことから、七月二十日に地球の進化を願う者どうしの集いが計画され、私にも声を掛けていただきました。場所は、高知県香南市でした。

七月初め、七つの封印は一人の女性によって解かれます。女性は土御門上皇と共に封印を施した、巫女の魂を継いでいました。

同月十九日、集いに向かう私が山中で詣でた神社は轟神社。封印を施されたまさにその場所でした。

同月二十日、私たちは、重く暗い恐怖に直面し、その結果、決して他のものを混ぜ込まぬようにと告げられていた湧玉に濁りと重みが組み込まれました。

同月二十七日、古から計画されたとおりの状況が訪れたことを理解します。それは、この局面を乗り越えるべく土御門上皇が設定した秘策でした。数か月前から地球が通りそうなほど大きな門をたびたび霊視していた方は、その門が鳥居に変化していると語られました。太陽と月を前に、地球が巨大な鳥居をくぐり抜けると、湧玉誕生の基となる白い波動の渦、愛の実体が生じたのを感じとりました。

私は永遠の瞬間よりこの時を待っていた

時は満ちた

もう誰にも手出しはできないのだよ

と受けた言葉は、人が賀茂別雷大神《かもわけいかづちのおおかみ》と呼んでいる存在からもたらされたのだと思います。

ずいぶんと後になって宇宙人から聞いたのには、惑星の進化の過程には通過すべき「ビファーナ」という霊的な門があって、上皇には地球にそれを通過させる役割があったのだということ

瞑想中に湧いてきた言葉。
創造の源泉　湧玉
ほとばしる祈り……
宇宙は愛のみによって創造された
各惑星には　その創造の源泉　湧玉が置かれる
ほとばしる祈り……
宇宙の友をぞくぞくさせた湧玉の創造
魂のセクシュアリティーが融け合い　ほとばしって生まれた
何ものも混ざらず　無より愛によって生まれた

少し間を置いて受けた言葉。
あなた方が創造的に動いたがために
創造的な創造がなされました
私たちはあなた方の自発的で創造的な創造を見守っていました
あなた方の創造が私たちの生命を触発し
私たちを喜びと興奮にぞくぞくさせました

さらにその後、受けた言葉。

この度の事は　今までの殻を脱ぎさって
天の愛の流れの中に喜びをもって泳ぎ出すことが必要とされていました
ホップ　ステップといった一続きのものではなく
一つの時代の終わりであり
一つの時代の始まりだったのです
それができなかったために　約束の箱が開けられたのです

天皇の龍の誕生

二〇一八年十二月、夢の中で「甲《こう》神社」に参拝しようとしていました。この神社が伊雑宮《いざわのみや》（三重県志摩市・志摩国一宮・天照坐皇大御神御魂《あまてらしますすめおおみかみのみたま》）であることは周囲の風景から突き止めましたが、名称との関係は分かりませんでした。

この頃、勤務先の高校の生徒に対して溌剌《はつらつ》とした人生の歩みを語ってもらうため、物理学者の保江邦夫先生をお招きしました。

二〇一九年一月五日、夢の中で、これからは保江先生の亡くなられたお父様の助けがあると知らされたこの日、熊谷守一とラマヌジャンのことを初めて知りました。熊谷守一は晩年の20年間に、狭い庭でひたすら自然観察を続け、画壇の仙人と呼ばれました。簡明な線による作品はどれも独特の開けた明るさをたたえており、見ると自ずとのどかな気持ちになります。数学者のラマヌジャンは、短い生涯で3900ほどの数式を発表し、インドの魔術師と呼ばれました。なるほど、夢の中に現れる女神が見せてくれたのだという数式の美しさは格別で、数式なのに知性にあふれた魔法の絵画のようです。要するに、「お前はこのような純度で事に当たれ」と言われたのだと思いました。

同月十二日、伊雑宮に詣でて伊勢神宮へと向かう車中、スメラミコトの神宝が神輿《みこし》のように担がれて、丹後から伊勢へと運ばれている様子が脳裏に浮かんできました。その時、これまでいかにスメラミコトの御魂が大切にされてきたか、命懸けで守られてきたかということが突然に、それも、まるではるか昔から知っていたことのように理解されました。命懸けでありながらも喜びに満ちて、明るい心持ちで進んでいたのです。彼らは神宝を守り抜くことを通じて、スメラミコトの御魂を守り抜きました。

同月十三日、籠《この》神社（京都府宮津市　丹後国一宮　彦火明命）参拝後、雲間から太陽光が見

事な扇状に下りました。無事に伊雑宮と籠神社へお参りできたことがありがたく、誰かれ構わずお礼を言いたくなる心境でした。

同月十四日、夜明け前、天橋立の上に、口先を籠神社の上に置く龍雲を見ました。

後日、「甲神社」の「甲」は、名称でなく方位ではないかと閃《ひらめ》いて確かめたところ、伊雑宮は確かに自宅から甲《きのえ》の方角にありました。「甲神社」とは、甲にある神社を指していたのです。

同月二十三日、夢の中で、

竹生島《ちくぶしま》の弁財天が呼んでいる

と響いてきました。勇壮で両眼の赤い黒龍の気配も感じられました。日本列島という龍体の子宮である琵琶湖、そこに浮かぶ竹生島は、龍体の受精卵に相当します。

同月二十七日、とある山の頂で、壮麗で青い眼の白龍の存在を感じました。この白龍は、竹生島の勇壮な黒龍と対を成します。

同月三十一日、夢を見ました。大変のどかな雰囲気の宇宙船に家人や保江先生と一緒に乗っています。岬の突端に着きました。岬の地下は素晴らしい鍾乳洞となっており、かつてシリウスから地球にやってきたレムリアの龍たちの宮居だったのです。この岬は、後に見た空撮映像によって宮城県気仙沼市の龍舞崎《たつまいざき》であることが分かりました。保江先生は、「龍の力を借りて気仙沼の海に水晶を沈めてきてくれ」と頼まれて、龍舞崎を望む崖から水晶を投げ入れたことがあるくらいに深いご縁をお持ちです。

この日の帰宅中に見た黒い龍雲には、ものすごいエネルギーのうねりを感じました。

二月二日に訪れた竹生島の竜神拝所は、湧き立つ波動が風のように伝わってくる場所でした。御幣《ごへい》の正面に立って目を閉じると、非常に強い神気が掛かってきました。そして左下に壮麗な白龍、右上に勇壮な黒龍が現れ、真正面では、まるで産卵期の鯉《こい》のようにたくさんの黒龍が玉を成してうねり合っています。

そのまましばらく立っていると、10日前の夢と同じ声で、

成し遂げられた

と告げられました。いきなりバーッと涙が出ました。

同月四日朝方、長大な龍雲が京都御所越しに現れました。眼には瞳まではっきりと象《かたど》られていました。土御門天皇の名前の由来となった土御門町にあるホテルから見た龍雲は、大勢の方が目撃していることと思います。竹生島で「成し遂げられた」結果として、この2か月後に誕生する天皇の龍の姿が、あらかじめ示されたのでした。御所の上に現れたのは、実にふさわし

いことです。
賀茂別雷神社《かもわけいかづち》（京都市・山城国一宮・賀茂別雷大神）にも参拝しました。神社を横切る小川は賀茂川、宇治川と名前を変えながら、琵琶湖から流れ出る唯一の河川にして日本列島という龍体の産道に相当する淀川に流れ入ります。この日の参拝は、受精卵を産道に導く意味合いがあったのだと思っています。帰宅途中の高速道路では、山際にくっきりと架かる虹を、わずか数分の間に4本見ました。

同月五日、朝日が神々しく輝く中で、東の空に黒い龍雲を見ました。先月から、天橋立の白龍、帰宅途中の黒龍、京都御所越しの白龍、そして今朝の黒龍と白黒二つずつ四つの龍雲を見たことになります。それは、前日に見た虹が4本だったことと符合していました。これによって、事の完遂を確信したのです。

三月一日、夢の中の私は龍の受胎期を定めるプログラムを書き進め、プログラムの発動時間を三月〇〇日の16時と設定していました。不思議なことに、〇〇の部分だけは霞んで読めませんでした。

同月六日、夢を見ました。10人ほどが集まって淡路島のレイラインの束を統合しようとしていました。最後に私の番が来て完成しました。目が覚めた時に理解していたのは、淡路島のレイラインの統合は、龍の受胎期を定めるプログラムに欠かすことのできない大切な鍵であり、プログラム発動までに完成させなければならないということでした。淡路島は、日本列島という龍体の子に相当します。

同月十日、夢の中で、何の変哲もない歩道から海原を見下ろしています。広島県の宮島にあるこの場所こそが、淡路島のレイライン統合の仕上げの場所なのだと判りました。

同月十一日、保江先生に連絡を取って間もなく、龍の神殿、すなわち龍宮で、今まで動かず、自らの体を石化させて完全な休眠状態にあった真珠色の龍たち6体が、海底洞窟の壁から体を少し緩ませ始めた光景が浮かんできました。彼らは自らを、龍舞崎に封印していたのです。

同月十八日、この頃は連日のようにあちこちを訪れて、淡路島のレイラインのエネルギー調整をする夢を見ていました。訪れていた場所のうちの石上布都魂《いそのかみふつみたま》神社（岡山県赤磐《あかいわ》市・備前国一宮・素盞嗚尊《すさのおのみこと》）本宮の磐座、三輪山（奈良県桜井市）の山頂の磐座、丹田古墳（徳島県三好郡東みよし町）の3か所は、後で実際に訪れてみて初めてどこであったのかが分かりました。

同月二十四日、保江先生、松久先生、出版社の社長さまと東京都港区白金の龍穴を訪れると、松久先生に強いエネルギーが掛かり始めました。後で伺うと、松久先生は白龍と共に龍穴の地下へ入り込み、そこでレムリア終焉の原因となった怒りと嫉妬を解放なさったのだそうです。

この日をもって、竹生島にも現れた壮麗な白龍は松久先生に、真珠色の龍たち6体は保江先生に、それぞれ受け渡されました。

同月二十五日朝方、松久先生は、鎌倉で美しい龍雲をご覧になっています。それは壮麗な白龍でした。私は保江先生と共に、白金の龍穴から太陽の周りに日暈《にちうん》を見ました。

同月二十七日、「広がりのある喜びに満ちたエネルギー」を自分の左側に感じました。まるで淡く明け初める穏やかな海原のようで、松久先生の御魂だと思いました。

同月二十八日、「動じることのないエネルギー」を自分の右側に感じました。まるで真夜中の荒れた海で波しぶきを受ける巌《いわお》のようで、保江先生の御魂だと思いました。同時にこれは、人がサナート・クマラと呼んでいるエネルギーではないかと思いました。

同月二十九日、明くる日の宮島行きについて祈りを捧げると、両目からダイヤモンドのような強い光を鋭く放つ黒い人型が現れ、ただ一言、

魔王……

とだけ厳《おごそ》かに告げていきました。魔王尊サナート・クマラ。その姿を前にして、私は安堵の思いに包まれました。帰宅中にもたらされた、

闇を知らぬ者に　光を生むことはできない

底なしの闇に降りる強さをもつ者こそが　光を生む

という気付きは、サナート・クマラによってもたらされた霊感でした。

同月三十日、広島県の宮島に出発しました。山頂に向かう途中には、三月十日の夢で見たとおりの場所があり、海原へ目を向けると同時に、淡路島のレイラインが統合されました。

時計を確認すると16時ちょうどで、三月一日の夢で見た龍の受胎期を定めるプログラムの起動時間そのものでした。自宅から３００キロメートル以上も離れたわずか１メートル四方ほどの目的地に3秒と違わずに到着した事実に、人智を超えた底知れない神威を感じました。

弥山《みせん》山頂を経由して到着した御山《みやま》神社（広島県宮島・厳島神社奥宮・市杵島姫命《いちきしまひめのみこと》ほか）には、厳かな霊気が満ちていました。呼吸と意識の整うのを待って祈り始めると、胸の前に澄み切った湧玉が現れ、警蹕《けいひつ》を発すると、左側の「広がりのある喜びにあふれたエネルギー」と右側の「動じることのないエネルギー」とが湧玉に向かって打ち寄せ、その前縁が湧玉の端に接した刹那、左側から壮麗な白龍1体、右側から真珠色の龍たち6体の計7体が、一瞬のうちに澄み切った湧玉の中心に飛び込んで、そうして終わりました。辺りは水を打ったように静まりました。

左側には松久先生の、右側には保江先生の御魂をそれぞれの龍と共に奉戴して臨み、同行の2人の御魂の働きと相まって、成し遂げられたのです。

ロープウェイで山を下りている時には、太陽の周りに鮮やかな二重の虹が出ていたようです。また、島内を港へ向かう途中では、耳をピンと立てたシカがまっすぐこちらにやってきて、しゃがんだ私の鼻に、自分の鼻をくっ付けました。それも行く先々で、まるで定型化された合図であるかのように、雄2頭と雌2頭の4頭もが同じ行動を取ったのです。もちろん、御山神社参拝前はそんなことはありませんでした。

竹生島に行った後で見た虹の数が、4本だったことと符合しています。

同月三十一日、湧玉の中に、前日の7体の龍たちがいるのが分かります。不思議なことに、それらは全体で1体の虹の龍であるように感じられました。

四月一日、湧玉に向かい合って皇族方がお並びです。何かの誕生を待っているようで、どなたの眼差しも、赤ん坊を見守られるかのような優しいものでした。

同月三日、7体の龍たちがたゆたう湧玉の上方に、1体の龍が見えます。7体の龍たち全ての属性を内包して巨大。勇壮にして壮麗。この龍がこれから皇太子殿下（現天皇陛下）をお守りすることになると思いました。天皇の龍です。

淡路島のレイラインが統合されて、龍の受胎期を定めるプログラムが起動した結果、皇太子殿下の虹の龍、天皇の龍が誕生したのです。

次章からは、湧玉から生まれたスメラミコトの鳳凰、湧玉の鳳凰の誕生にまつわる話に進みます。

しかし、その前に時計の針を巻き戻し、マレーシアで過ごした日々に触れないわけには参りません。湧玉の鳳凰の誕生の伏線として、深く関わるのです。

マレーシアでの伏線

2秒で決めたマレーシアへの赴任

二〇〇五年九月、職場に一枚の書類が回覧されました。

日本の国立大学への国費留学を目指すマレーシア人学生のために、マレーシアのマラヤ大学で数学、物理、化学を教える高校教員を募るという文部科学省からの通知でした。それまでに見たことも聞いたこともない内容だったのは、高知県内の高校に通知が回ったのが、これが初めてだったからです。

見た瞬間に「俺の仕事だ」と直感し、わずか2秒後には応募を決めていました。家族の了解や校長の許可、高知県や文部科学省での選考を経て、翌年四月からの派遣が決まりました。
この頃の不可視の世界とのやり取りは、転換を思わせる内容が多くなっています。

朝方の夢は、緑色と黄色に溢れていました。
自分の意志が一つの方向性を持つまで待ちなさい
しかし　いったん意志が一つの形を取り始めたとなれば
そこに偉大な一歩を記しなさい
私が歩むことで展開される33の物事のコードが送り込まれました。それは計画の中に計画があり、その中にまた別の計画が組み込まれているといった複雑さをはらんでいます。あまりにも壮大で、全貌を捉えるのは難しいと感じました。

前方が、扉のような巨大な何かで隔てられています。
開けて一つになりなさい
その言葉に従って扉の向こうに出ると、海に面して明るく開けた断崖でした。
空からは、瑠璃色の光体がゆっくりと近づいてきます。光体との同調を通して光体と一体化し、それに連れて家族も一体化に同調するという仕組みになっています。一体化はまるで乗車券のように必要とされ、それなしには、物事があるべきように展開されることはないのです。この光体は、学生時代から名古屋市の尾張戸《おわりべ》神社の上空に感じていた馴染みある存在だったのですが、ここから先は、それを外に見るだけでは務まらないというのでした。

夢の中、濃い霧の向こうに天使が現れました。大きな翼を持つ白銀色の馬は、ウリエルともユリエルともつかない響きの名前を持っています。馬が天使なのか、それに乗っているのが天使なのかも分かりません。この天使は、時の訪れを告げるために現れました。目が覚めてから辞書を引くと、ウリエルは旧約聖書外典に登場する四大天使の一人でした。

音霊の幸《さきは》ふ世界

二〇〇六年四月からマレーシアでの仕事が始まりはしたものの、日本から一歩も出たことがなかったのがいきなりの一家転住ですから、生活することで精一杯でした。

そんな中でも、住居敷地内の池の畔《ほとり》を2メートルもあるミズオオトカゲが歩き、植え込みの木の上にはサルが群れ、駐車場までリスが歩き回るなど、好奇心の強い私には普段の生活から刺激満点で、目の前に現れる驚異に目を丸くしっぱなしでした。そして慣れてくるに従って、少しずつ森に出掛けるようになりました。

それというのも、幼稚園の頃は昆虫図鑑を眺めては野原に繰り出し、夜は『ターザンのぼうけん』（はやしたかし　集英社）を読むのが日課だったほどで、昆虫や森には人一倍関心が強かったのです。中でも、昆虫図鑑の外国産――もちろんマレーシアの昆虫もたくさん出ていたのですが、そのページでは、色鮮やかな色彩や奇妙奇天烈とも言える形態に、すごいな、かっこいいなと胸を躍らせたものでした。

もしもその頃の私が、30数年後には本当に熱帯のジャングルで生きた昆虫を見ることができると知れば、どんなにか喜んだだろうと思います。

さて、初めて郊外のジャングルに遠出した時のことです。

先住民セマイ族の村では、ならされた赤土の上に小さな高床式の住居が並んでいました。それらを横目に森へ続く小径に入ると、匂い立つ濃密な緑に包まれました。木漏れ日が揺らめく渓流沿いには光が溢れ、まるで天界のようです。

サッと光の筋がきらめいたかと思えばそれはチビタマムシの飛跡で、ババババッと音がして振り返れば、両掌を広げたくらいの巨大なキョジンツユムシが飛んでいます。ふと脇の草に目をやると、葉の上にフトゾウムシが乗っていました。思わず目を凝らすと、そのゾウムシは光を緑がかった真珠色に滲《にじ》ませながら、ゆっくりと動きました。

「なんて綺麗な虫だろう…」。

目を見張りました。

午後は山手を歩きます。

樹高50メートルを超え、天高くそびえるフタバガキの巨木の間を縫う小径には、両側から灌木がせり出します。植物も鳥たちの鳴き声も目新しいものばかり。じっと眺めては止まり、耳を澄ませては止まりと、なかなか進めません。そんな森の中の緩やかな曲がり角で、ふと、風もないのに灌木の葉の一枚がゆらりと傾いたのが、視野の一角に入りました。

「あれ？」

見失わないようにゆっくりと茂みを掻き分け、慎重に摘んだ枝を静かに引き寄せると、その葉は何とコノハムシという昆虫でした（図2）。もちろん、普通の人が森で目にしても葉にしか思えないであろう色や形、葉脈そのものに見える翅脈《しみゃく》、体の縁が葉の虫喰いの跡のように茶色になっているのも、全く見事としか言いようがありません。しかし、一番驚かされたのは、

図2　初めて見た本物のコノハムシ

コノハムシを陽光にかざした時でした。何と光の透け具合までもが葉と同じだったのです。
「これでは葉っぱと区別がつかない！」
なぜ生命は、ここまで驚異に満ちているのでしょうか。
これですっかり夢中になり、週末は時間のできる度にというか、できるだけ時間を作ってジャングルへと出掛けました。

花の咲いた木に登って樹冠に顔を出すと、大小様々の虫たちは、山肌一面に広がる緑の海のあちらこちらからバーッ、バーッと飛来します。ブンブンと唸りを上げる羽音には、奔放な生命力が満ち溢れていました。

夜の低地林では、昆虫から鳥の類、いったい爬虫類なのか両生類なのか、はたまた哺乳類なのかも分からない諸々の生き物の鳴き声が、それこそ周囲全ての方向から渾然一体となって押し寄せます。場所にもよりますが、特に新月の頃のそれは、地の底から湧き上がる迫力で、ジャングルの只中でヘッドライトを消して佇《たたず》むと、音の宇宙の中空を漂うかのようでした。

尾根筋から見た巨大なサイチョウの飛ぶ姿も忘れられません。眼下を悠然と飛び去る姿は翼竜を思わせ、1億年も昔にタイムスリップしてしまったような錯覚を覚えました。

木々から無数の苔類が垂れ下がる雲霧林《うんむりん》に咲く、妖精のように可憐なランの花。山歩きで火照った体に生気を取り戻してくれる透明な渓流の水。ゾウもトラもいるジャングルを歩くのは、楽しくてしょうがありませんでした。誰もいない闇夜の巨大な倒木の下で、ズルリ、ズルリと艶《なまめ》かしく這うニシキヘビを見た時ほど、熱帯のジャングルにいることを強烈に実感したことはありません。

親しくなった先住民の人たちと川で水浴びをしたり、宝石箱を散りばめたような満天の星々を一緒に眺めたりしたのも、良い思い出となっています。

周囲数十キロに渡って電気が引かれていない場所で眺める星空の鮮やかさは、それまでの私には想像もできないものでした。

このように森で過ごした結果、喉の渇きを癒してくれた美しいせせらぎの水は血となって体内を流れ、空腹を満たしてくれた森の果実は肉となって体を動かしています。自分の体の一部がマレーシアの原生林から出来ているそのことを、大変に誇らしく思いました。

マレーシアの森からは、自然観や世界観も大いに影響を受けました。

一言で表すのは難しいのですが、どっぷりと浸った夜の森が織りなす音の世界や、昼なお暗いジャングルの谷間に幾重にもこだまするホエザルの鳴き声は、生命に対する原初の讃美歌にも思われ、ことさらに音に対する見方を深めてくれました。

古《いにしえ》に、日本は、「言霊の幸ふ国」と謳《うた》われましたが、そのような言い方をするならば、深くしっとりとした森は、「音霊の幸ふ世界」なのだと思います。

森の生命力は、せせらぎや木々のざわめきの音も含め、様々な生き物の交錯し、重なり合う鳴き声によって保たれています。

行ってみて初めて体得できた感覚でした。

森の民たち

赴任したマラヤ大学では、時折、図書館も訪ねました。

書籍の貸し出しや閲覧に対しては日本よりも寛容で、100年前に刊行された皮表紙の昆虫学の名著が借りられたり、400年前の縦1.5メートル、横1メートルほどもある羊皮紙の地図が自由に閲覧できたりして、ずいぶん感激しました。

以前から先住民の文化には興味を持っていましたので、マレーシアの先住民に関する書物にも目を通しました。マレー半島の先住民の感受性が繊細なことは理解していましたが、マレーシア軍が森林戦のための先住民部隊を編成したところ、訓練のストレスから何人もの死者が出たことや、少なくともこの200年余りは先住民の間で殺人が起こっていないことを知って、彼らに対する興味は一層深まりました。

森に出掛けると、彼ら先住民の村での生活にも触れる機会がありました。

そこかしこにいる子供は、年代が近い者どうしで遊んでいます。いくら堅いとはいえ、橋の代わりに直径がわずか10センチメートルほどしかない木の棒が一本渡されているだけの場所も、皆が裸足で平気で歩けるほどの平衡感覚をしているのにはびっくりしました。

日本のとはちょっと雰囲気の違う犬は、性質が温和で、唸っているのも吠えているのも見たことがありません。村全体が穏やかです。

ドリアンなどの果樹もあちこちに生えています。村と森との境界がはっきりせず、最初は植えていることが分かりませんでした。一つの実が4キログラムに達することもあるドリアンは枝に成りますが、40キログラムにもなるジャックフルーツは、果実が太い幹から直接成ります。幹からぶら下がっている果物を見たのは初めてでしたので、おとぎの国にでも来たかのような気持ちになりました。

高床式の小さな家の床や壁は、板張りのものもあれば、竹を鉈《なた》で開いて作ったものもあります。朝見かけた時には骨組みだけだったのが、夕方見ると屋根も壁も床もできていて、あまりの早さに驚いたこともあります。数年に一度建て替えるそうですが、部屋の中でご飯をこぼしても、床下に落とすだけで放し飼いの鶏の餌になり、生活全体の設計が合理的でした。


朝方の数時間、森に入って食用植物や果物を採取し、吹き矢で獣を仕留めることもあれば、清流に棲む両手の拳を合わせたよりも大きなカエルやスッポンを獲ることもあります。上半身裸の若者数人が、獲物の大きなカエルを吊り下げて森の中から出てきた時には、なめらかな褐色の肌が太陽に照り映える美しさと内なる自信に溢れた様子に、思わず「ほう……」と声が漏れました。

観葉植物や薬草はもちろん、生け捕りにしたヤモリやヘビを売って現金収入を得る人もいます。一度、森の中で鮮やかな緑色の毒蛇ヨロイハブを捕まえる現場に行き合わせましたが、採集道具も持ち帰る容器も、その場で竹から鉈一つで作っていました。単に器用だということではなく、森との即興性を楽しんでいる彼らの感覚が強く印象に残りました。予定通りに進めるなんて、彼らからするとひどく無粋に違いありません。

キャッサバなどを育てる焼畑農業の畑地は集落の周りに何か所かあって、20年から30年で一回りするように使っているそうです。先を鋭く削った木の棒で土に穴を開け、そこに種を蒔いているのを見ました。重機で根こそぎする大規模農園の焼畑とは異なって根を残しておくため、10年もすれば元の植生と見分けがつかない状態まで戻ると聞いています。

真上から太陽が照りつける昼過ぎには、集落のあちこちの日陰で寛ぎ、時には竹製楽器の演奏とみんなの歌声も聞こえてきます。思い思いに水浴びを済ませると、夕暮れ時は、見晴らしの良い場所に腰掛けて、熱気の和らいだ風を受けながら、うっとりと森を眺めるのです。

彼らには彼らなりの生活の大変さがあるのだと思いますが、表情が明るく豊かで、とても幸せそうに見えました。

図書館で借りた本には、地域によっては、スクールバスが運行していても学校に通わせることに積極的でない先住民もいると書いてありました。しかも、どうやらマレー半島で最も通学率が低いのは、私がよく行く辺りの地域でした。

ある日のこと、村長さんの家で雑談をしていた折に、子供があまり学校に行かない理由を尋ねました。にこやかに話していた彼はちょっと真顔になって座り直し、落ち着いた低い声で話し始めました。

「俺たちは先祖代々、森や川を大切にして暮らしてきたんだ。

中国人はどうだ？　金のために嘘をつくだろ？　酷い目に遭ったよ。

ヨーロッパ人だって、インド人だってそうだ。日本人はどうなんだ？

木を切り尽くしては森を台無しにし、川を汚しては水を飲めなくしてしまう。

信じられないよ。

みんな学校に行ってるさ。

俺たちはこれからも嘘をつかず、森や川を大切にして暮らしたい。

それなのに自分たちの子供をわざわざ学校に行かせたいとは思わないさ。

分かるだろ？」

森で生まれ、軍の先住民部隊でも活躍した彼の目には、現代文明の学校教育がこのように映っているのでした。


このほかにも、彼らと言葉を交わすうちに気付いたこともあります。

それは、彼らのほとんどとは目と目で会話する感じで、かなり以心伝心が利いてしまうということです。例えば、この先に水浴びのできる場所はあるのかとか、峠までどれくらいの距離なのかということを、こちらが声に出して尋ねる前に向こうから教えてくれたり、こちらも相手が話し始める前に結論が分かってしまったりということがよくあるわけです。意識だけで事足りる。

それはとても心楽しいので、いつの間にかお互い笑顔になっています。

コミュニケーションというものが、単なる情報の伝達ではなく、もっと豊かです。

彼らはおそらく、相手と脳波を同調させる能力に長けているのでしょう。

先住民なら誰でもというわけではないようですが、トラや星に住む人とも意思疎通できるのだとも言っていました。

ただ、たとえ先住民の村であっても、電気が引かれている村、つまり、テレビのある村では言葉が正確でないと意思が通じず、彼らの目も意思疎通の様子も、私の普段の生活とそれほど変わりませんでした。テレビのある家に大勢が集まって、呆けたように画面に魅入られている様子はこちらが心配になるほどでしたし、全てがテレビの影響だとは言い切れないにしても、以心伝心の能力が生活のあり方に大きく影響されることは間違いなさそうです。

マレー半島とボルネオ島からなるマレーシアでは、ボルネオ島にも先住民を訪ねました。

イバン族の高床式集合住宅は大きく、幅は10メートル、長さは100メートルほどもありました。その半分の幅5メートル、長さ100メートルほどは廊下、残り半分が家族ごとに区切られた部屋になっています。

廊下は共用の居間を兼ねた団欒の場でもあり、年端もいかぬ子供たちが走り回っているかと思えば、あちらでは楽器を奏でながら朗らかに歌っている人たちがいるし、こちらでは輪になって遊びに興じ、その隣では人が泣いているのを何人かで慰めているといった具合で、老若男女が入り混じって思い思い好きなように生活しているのです。精神を患うことが、なかなかないだろうと思いました。

こうした生活様式は、幸せに暮らすという点について、大変優れています。ガムランのゆったりとした調べに乗って舞われるたおやかで優雅な手指の動きや、籠や敷物などに緻密に編み込まれた幾何学模様や紋章からは、彼らが先祖から受け継いできた美意識の高さがうかがえました。

日焼けして小柄ではあるものの、中には顔付きや体型が中国人や韓国人よりもはるかに日本人に近い雰囲気の人がいて、つい日本語で話し掛けてしまいそうになるほどでした。日本人成人男性の平均身長は、江戸時代で160センチメートルほどですから、長屋暮らしをしていた我々の先祖も、だいたいこんな感じだったのではないかと思いました。

鳳凰が象られた雲

私は現地の友人に誘われ、テントと食料を背負って、入山にはパスポートも必要な王族所有林へ向かっていました。およそ1億3千万年前から続く、世界最古の森の一つだといわれています。

森へと至る湖を、ボートで移動していた時のことです。森の上に、鳳凰を象った雲が出現しました（図3）。翼は羽ばたくように大きく広げられ、向かって左上方にかけて伸びた長い首の先で、くちばしが開かれています。

時々はこのような見事な雲を見かけるものの、写真として手元に残っているものは極くわずかです。

マレー半島の中でも、最も野生動物が多いといわれるこの森の小径《こみち》は、人によって作られたのではなく、ゾウが練り歩いた跡でした。地面もゾウを始めとしてシカやイノシシ、マレーバクなどの有蹄類のほか、トラも含めた動物たちの足跡だらけです。先住民ガイドを真似て素足で歩いてみると、私の皮膚は薄いのか、あっという間にヒルが10も20も吸い付いて離れませんでした。

図３　鳳凰が象られた雲

驚かされたのは動物相の豊かさだけではありません。人の気配のない森で、突然30人ほども屈強な男たちが目の前に現れたのです。陸軍特殊部隊の一団で、ジャングルで食料を得ながらのゲリラ戦対策訓練だそうですが、銃を背負った物々しい兵士よりも、川に入って生き生きと投網漁に勤しむ兵士が印象に残りました。彼らも、迷彩服を着て指示に従うよりは、漁の方がよほど心が躍るのでしょう。

先住民ガイドの野生動物への向き合い方にも、啓発されました。

マレーシアの新聞では、人がトラに襲われて亡くなったという記事をたびたび見ましたので、やはりトラは危険な動物だという印象を持っていました。

ところが、入山2日目だったでしょうか、先住民ガイドが野営地として選んだのは、トラが爪を研いだ新しい傷跡がすぐ近くの立木《たちき》に残る河原でした。

少々驚きながら感心して、「トラのいる所で寝るんだね」と口にすると、「そうだね」というくらいで、全く意に介していませんでした。その様子からするに、そこでの野生のトラは危険な存在ではありませんでした。

実際、釣った魚を蒸し焼きにして和やかに夕食を囲んだ私たちは、何の問題もなく快適な一夜を過ごしました。

もしも、彼の落ち着いた様子を見ても安心できない人が一緒だったら、このような山歩きは成立しなかったわけで、日本では望むべくもない得難い体験に恵まれました。

瑞祥《ずいしょう》として知られる鳳凰の出現の後でしたので、入山中はどんな変化が起こるのかと自分の内側を注意深く観察していました。この山歩きでは、生命力に満ちた自然界の様相を体感し、自然との関わり方についても認識を新たにすることができましたから、それが大切だったのでしょう。

不思議な部族マーメリの文化

マレー半島の先住民には、大きく三つの系統があって、それぞれが六つずつ18部族に分かれています。

その中の一つ、海沿いにあるマーメリ族のブンブン村を訪ねたのは、マレーシア国立博物館で彼らの祭祀の様子を収めたビデオを手に入れたのがきっかけでした。

ビデオを見てみると、全身黄色の祭服をまとった男性シャーマンは、明らかに変性意識に入り込んだ状態で、体を小刻みに動かしながら練り歩いています。干潟《ひがた》に組まれた櫓《やぐら》の周りでは歌や舞が繰り広げられ、その様子に、彼らにはムーの文化が強く引き継がれていることを直感しました。

現代において、ここまで霊的な活力にあふれる祭祀が続いていること、しかも、それが住所から車で1時間ほどの近くであることに驚きを禁じ得ず、これは一度行ってみなければと考えました。

マレーシアでの伏線

ゴムとアブラヤシの大規模農園を貫く幹線道路を通って村に着くと、そこには日本の神社によく似た社殿（図4）がありました。私が知る限り、このような社殿を持つマレーシアの部族はほかにありません。

近づいてみると、お供えは米の代わりにヤシの実で、しめ縄や紙垂《しで》、御幣もヤシの葉で編まれていました。

図４　マーメリ族の社殿

狛犬の代わりに狛虎であるに至っては、推して知るべし。稲作文化の代わりにヤシ文化なだけで、現代の日本に引き継がれている神社の様式と、まるで同じだと感じました。
私の知っている範囲に限定しても、彼らの多彩な御幣や、祭祀で男性が被る笠、しめ縄、紙垂は、高知県香美市物部町に伝わる民間信仰のいざなぎ流とも実によく似ています。

もちろん、日本との関連を感じさせるのは、祭祀だけ、マーメリ族だけではありません。

言語では、高知県の土佐弁では暑いねを「暑いにゃあ」、マレー語やインドネシア語では暑いをパナス、暑いねを

「パナスニャ」と表現し、どちらも語尾に「にゃ」が付きます。

沖縄県の方言でごちゃ混ぜの意味のチャンプルーは、マレー語やインドネシア語でも全く同じです。もっとも、方言程度の違いしかないマレー語とインドネシア語は、海洋民族の貿易語として用いられてきたそうですから、日本に同じ表現があるのも当然と言えば当然です。

伝承では、日本では「因幡の白兎」の物語が「ウサギが海にワニ（サメの意）を並べて……」と伝わり、マレーシアやインドネシアでは同じ話が、「マメジカが海にワニを並べて……」と伝わっています。マメジカの大きさはちょうどウサギくらいで、この話を初めて知った時は、なるほどそうかと思わず膝を打ったものです。

習俗においても、マレー半島内陸部の先住民の家に泊めてもらった時に、部屋に遊びに来た子供たちのあやとりが、取り方も歌の節回しも日本と同じでした。

広く知られていないだけで、多くの近隣諸国には互いに共通した文化の痕跡が、今もたくさん残っているのではないかと想像します。

話をマーメリ族に戻します。祭祀に舞に歌、彼らの文化は大変魅力的でしたが、中でも極め付きに魅了されたのが、精霊の彫刻でした。

社殿を横目に村の奥へと歩いていくと、そこかしこの工房で、男性が木の彫刻に取り組んで

図５　ブンブン村のピオンさん

いました。

ちょっとお邪魔して話を伺ったピオンさんは、ちょうどトラの精霊を彫っているところでした（図5）。口中の珠は宝を、前足で吊るした七つの輪は七つの輪廻を表していると聞いて、彫刻に込められた霊的背景の深さに感じ入りました。

材料となる木は、マングローブに生えるセンダン科の一種類だけで、祈りを捧げて木の精霊の許しが得られたときだけ切り倒すことや、元々は夢に出てきた精霊を夢で見たまま、あるいは夢で精霊に指示されたままに彫って、祭祀に使っていたことを教わりました。こういう姿勢こそが彼らを彼らたらしめているのだと、大きく頷きました。

今は亡くなってしまった親切な彼が、国際的評価も高いマーメリ族彫刻の第一人者で、代表作がトラの精霊であることは後から知りました。

龍である鳳凰『モヤン・クハウ』

中華系マレー人の友人は、観光地で土産物店を経営しています。

彼がマーメリ族から買い集めた彫刻のコレクションは、世界一と言われるだけあって素晴らしく、初めて数部屋に及ぶギャラリーを案内してもらった時には、扉が開く度に鳥肌が立ちました。

一つだけでも独特の重厚な存在感を放つ彫刻なのに、それがこれでもかというくらい並べられている様子はまさに圧巻です。しかも、彫刻どうしが互いに話でもしているかのような、生々しい気配が感じられるのです。

さすがは精霊と交感しているマーメリ族。彼らが精魂込めて彫り出すと、こんなことになってしまうのかと感心しました。

彼の土産物店では、コレクションのうち小さな物の一部を陳列・販売しており、私は店を訪れる度にそれらを眺めるのが愉しみでした。お気に入りは翼をそなえた一点物の龍で、精悍で濁りのない存在感は、いわゆる妖怪のような雰囲気を醸し出す他の彫刻の中で、ひときわ異彩を放っていました（図6）。

図６　彫刻『モヤン・クハウ』

友人からは、
「これを彫ることのできる彫刻師は一人しかいない。分かるだろ？　ものすごく堅い木なのに羽も髭もこの細さだ。難しすぎるんだよ。二度と手に入らない。なぜなら残念なことに、彼は彫刻をやめてしまったからね」
と聞かされていました。

帰国までにはその彫刻を手に入れたいと思ってはいたものの、値段の高さから購入への踏ん切りがついていませんでした。

ところがある日のこと、店に入ると彫刻は大幅に値引きされていました。おそらく棚から落ちてしまったのでしょう、角が一つ折れたのが理由のようです。

私には精霊が自らの角を犠牲にして、購入を決心できる値段になってくれたのだとしか思えず、すぐにＡＴＭに駆け込んで現金を調達し、我が家に迎え入れました。

帰宅して包みを開け、彫刻を両手で抱えると、驚いたことに、彫刻からは龍がするりと抜け出てきて、まるで子犬がじゃれつくかのような、何とも言えない親密な様子で私の周りを舞いました。

直感的に、「この龍とは過去世でも一緒だった。だから今回も戻ってきてくれたのだ」と理解しました。瞬間的な理解でした。

この日以降、特に森にいる間は、この龍が私を守るようにたゆたっている感覚と、森の精霊たちが龍に敬意を払っている感覚とを、明確に感じるようになりました。

この龍は時によって色も大きさも変わり、体内の光が増すにつれて普段の黒色から青、緑を経て金色にもなります。黒龍であり、青龍、金龍でもあるのです。大きさも子犬くらいの時もあれば、数キロメートルに達する時もあります。

マレーシアでの伏線

さて、後に購入したマーメリ族の彫刻の写真集では、この彫刻が『モヤン・クハウ』という名前で、キジ科の鳥、マレーカンムリセイランの精霊だと紹介されていました。

華族で貴族院議員でもあった鳥類学者、蜂須賀正氏は、古典に記された鳳凰の特徴から、マレー半島に生息するマレーカンムリセイランこそが、鳳凰のモデルであると結論づけています。

有翼の龍にしか見えなかった彫刻が鳥の精霊だったという違和感は、湧玉の鳳凰が誕生した後できれいに払拭されました。

今はこの彫刻『モヤン・クハウ』は、龍の性質を兼ね備えた鳳凰だと理解しています。

形態形成を司る精霊

マレー半島東海岸に浮かぶプルフンティアン島に宿泊した時のことです。

夢の中に、極めて古い魂が陽炎《かげろう》のように現れました。

メガネザルの眼をさらに大きくしたような顔付きで、丸く大きい眼は全体が瞳。くちばしをそなえたサルの精霊です。体の全体は鈍い銀色であるけれども、火の熾《おこ》った炭のように、ゆらぎながら透けています。動きは、バリ舞踊のそれに似ていました。

両眼とみぞおちの太陽神経叢から放射する光は精霊の意識と同質で、サーッとしています。感情を持たず、高度に発達して澄み切った意識には濁りも沈滞もないばかりか、何ら一切の蓄積が感じられません。

これは観察でなく解釈ですが、蓄積が妨げになるのだと思います。

精霊は、どの瞬間にも、瞬間、瞬間の神の息吹をそのまま体現しているのでした。

生き物の形態形成を司るその精霊は、私に対して様々のことを示して見せました。精霊の前には、精霊が放射する光によって、多次元の知性が繊細に折り畳まれた光の幾何学構造が形成されています。

そして、ひとたび精霊の意識がうねり上がると、律動に刻まれた精霊の所作に合わせて幾何学構造はどんどん数を増し、サラサラと響き合う「光の幾何学構造の連なり」を形成します。「光の幾何学構造の連なり」が完成すると、その繊細なエネルギーのパターンは多次元にわたって浸透し、物質の次元では、我々が遺伝子と呼んでいるものになりました。

「光の幾何学構造の連なり」こそが、遺伝子の根源的な姿だったのです。

光の幾何学の知性であると同時に、精霊の意識の反映でもあり、かつ、宇宙空間に遍在する情報を選択的に取り入れる受信機でもあります。遺伝子は情報を保持しているだけでなく、受信する機能も持ち合わせています。

我が意識の高みを見よ

精霊は、自らが創造した美しい生命体の姿形を、浮かび上がらせては消し、浮かび上がらせては消しと、延々繰り返しました。

精霊の様子から、物質の次元における生命体の形態や機能が「光の幾何学構造の連なり」によって規定されるだけでなく、そもそも、それなくしては人間のように輪廻転生の可能な魂が宿れないことも理解されました。

昨今にぎわしく議論される人工知能は、今後どれだけ進化発達しようとも、いわゆる霊魂というものを持てないという点で、我々とは大きく異なります。


私がこの夢を通して知り得たのは、不可視の世界において精霊の意識のうねりによって創造された「光の幾何学構造の連なり」こそが、生命体の形態の型になっているということです。ある方にこの話をしたところ、このサルの精霊は、古代エジプト神話のトートのような存在だろうと示唆してくださいました。


起床後、この日は独りプルフンティアン島の山中に入りました。

ほかに誰もいない森を歩いていると、やがて夢に現れたサルの精霊の気配を感じ始めました。

木々が覆いかぶさったトンネルのような小径では、日中であるにもかかわらず、コウモリがふたふたとはためきながら次々とやってきて、私の体に当たりそうになっては飛び去ります。数々歩いてきたマレー半島の森でも、ほかにこんな所はありませんでしたから、よほど独特です。

倒木の上にはぬらりと艶《つや》やかなトカゲが這い、地面からは球形に美しく整えられたシロアリの巣が、まるで巨大なキノコのようにポコリと顔を出しています。樹上ではサルたちが果実を頬張っているかと思えば、タンニンで紅茶色に染まった小さな淀みには、長く優雅な尾鰭《おびれ》を伸ばした淡水魚が、ゆらりと漂っています。私は初めて入るこの森に、もはやすっかり魅了されていました。

山頂が近付いて、おもむろに精霊の気配が強さを増したかと思うと、あちこちに花崗岩の巨石が現れ始めました。一部がツタなどの植物に覆われているものの、神気凛々としています。太古の祭祀場であることを直感しました。

山頂の巨石の上部には柄の短いひしゃくかフライパンのような形の凹みがあり、柄の部分の溝は、正確に北を指していました。これは、高知県の白皇山とも、マレー半島のグヌン・ダトゥという山とも同じです。おそらくは、縄文時代以前の同一の文明、ムーの文明によって築かれ、祭祀が執り行われていたのでしょう。

北を指すひしゃく型であることから、地軸や地球の自転、北斗七星や北極星の方向にあるダイヤモンドの星をたたえる祭祀であったに違いないと踏んでいます。

図７　精霊の気配漂うマレーシアの森

またある時は、マレー半島最高峰グヌン・タハンを友人やガイドと一緒に登っていました。

広大な国立公園の中心部にあって世界最古の熱帯雨林とも言われ、マレーシアに遺された洪水伝説においては、水が引き始めた時に、世界で一番早く人が降り立ったとされる聖山です。ガイドたちは、この山に棲む龍や自分自身が体験した神隠しの話をしていましたから、通常の理解を超えた現象が時々起こっているようです。

入山３日目のこの日、ランが特別に多く咲く尾根筋一帯を案内されました。霧に包まれてなかなかに神秘的です（図７）。私は周囲の気配を十分に感じられるように、一歩一歩、静かに足を下ろしながら歩いていました。

切り立つ崖にさしかかると、精霊の存在を感じました。ふと横を見ると、赤いランが一輪だけ咲いていていました。

この花を見る人間はお前しかいない
このランはお前に見られるためだけに咲いている

荘重な声が、胸に静かに響きました。再び歩みを進めます。

精霊は静寂を好む
心と物音の静寂を保ちながら森を行くならば、精霊を知るであろう

その後、激しいスコールがありました。リュックが浸水しないか気がかりですが、両側から迫る薮《やぶ》のために、なかなか傘を差せません。眼鏡に当たった枝からレンズに水滴が付いて視界が歪み、ぬかるみに足を踏み入れてしまいます。水滴を手で防ごうとしては、なおさら体勢を崩し、やむなく差した傘は薮に引っ掛かって折れそうになりました。

あまりの不自由さ加減にイライラして心の平静はあっという間に失われ、精霊の声も聞こえなくなりました。

入山4日目のこの日、痛みの出た右膝をかばいながら、斜面のぬかるみを進みます。歩みはとても遅く思うに任せませんでしたが、前日を反省して自身の心理状態を見張っていました。長く続くぬかるみの鞍部《あんぶ》に差し掛かったその時、左側からいくつもの精霊に凝視されているのを感じました。

静かに満ちる潮のように、精霊の想念が伝わってきました。

人は長く歩くと疲れてしまう
しかし　それとは別の歩き方があるのだ
力は漲《みなぎ》り　体はますます強くなって　疲れることを知らない
そういう歩き方がある

その想念が伝わってきてからは、斜面を水が流れるようにすいすい進めるようになりました。後続を待つものの、あまりに遅いので心配になります。ようやく着いた同行のガイドたちによると、私が1時間で下りた行程には、通常3時間半かかるのだそうです。気負って急いだわけでもないので、全く不思議としか言いようがありません。歩き終わった後は、右膝の痛みも体の疲れも取れていました。

その後は一度もそんな歩き方ができていませんが、この時に気取《けど》った、動物たちが大地の気脈に身を委ねながら移動している感覚だけは、今も強く残っています。水の流れに任せれば楽に川を下れるように、大地と自分との相互作用で生成された気脈の流れに任せれば楽に歩ける、そういう感覚でした。

龍の歓待とトラの罠

赴任中に好きになったマレーシアの森には、二〇一〇年の帰国後も訪れました。特に印象的だったのは、二〇一七年の夏です。

手付かずの自然が残された、それも、あまり外国人が足を踏み入れていないジャングルに入りたいと思い、数か月前からマレー半島北部での登山を計画していました。ガイドとポーター、コックの3人を雇っての登山です。

出発当日、部屋で荷造りをしていると、彫刻『モヤン・クハウ』に目をやった瞬間、武者震いがして全身に鳥肌が立ちました。ただの山登りでなく、霊的な働きかけの強い山行になることを予感しました。

旅行2日目、マレーシアに到着し、車で移動します。麓の町で落ち合った現地ガイドは、「俺の知る限り、この山に入る外国人はお前が初めてだ」と言いました。

それは知らなかったなと思うと同時に、少し嬉しくなりました。昼食の後で連れられて行ったのは交通局で、緊急時の救助用にヘリコプターの出動契約を結ぶのだと言われました。それでなければ入山できないというのです。さすがにこんなことは初めてです。

それも知らなかったなと思うと同時に、気楽に入れる山ならみんな入ってるよなと思いました。

日本に残った家人は、夕刻、西空に龍雲を見ています。

3日目、河原に張ったテントから起き出すと、道の上では威勢の良さそうな若者たちがオフロードバイクで待っていました。登山口までこれで移動するのは、車が入れない悪路だからだそうです。

馬でもこれほどは揺れないだろうと思うほどの上下動で、未舗装のぬかるんだ悪路を進み、登山口に着きました。私の荷物を背負ってくれたポーターの姿を見て、これは無理だと悟り、結局、自分の荷物は自分で背負うことにしました。

この山は、これまで延べ３００日ほどマレーシアのジャングルを歩いてきた私も経験がないほどヒルが多く、ちょっとでも立ち止まろうものなら四方八方から這い出て靴によじ登ってくる有様です。ヒル避けソックスを日本に忘れてきた私の足は、山にいる間中、血まみれでした。

滑りやすい急な斜面はあちこちが巨大な倒木で塞がれているうえに、前屈みにならざるを得ない藪も多く、いつも以上に体力を消耗しました。新調した靴も足に合わなかったようで、下山の頃には、両足とも親指の爪が内出血で青黒くなり、結局は剥がれてしまいました。

さて、この日の野営場所は水量の豊かな滝の横でした。マレーシア名物の激しい雷と土砂降りのスコールは、かつての現地生活の中で十分に経験済みでしたが、この日の激しさは尋常ではありませんでした。何しろ、樹高50メートルを超える巨木に覆われた昼なお暗い森の下でも、水しぶきで前が霞むほど激しく降り注いでくるのです。

ところが、滝に着く5分ほど前からでしょうか、不思議なことに、体は内側から湧き上がる歓びを感じ始めました。汗と雨とでずぶ濡れで、水滴の付いた眼鏡は見え辛く、おまけに一日歩いた疲れもあります。けれどもなぜだか、歓びと共に力が湧いてきたのです。

滝に着くと、目の前には素晴らしく豪快な景色が広がっていました。

ガイドも見たことがないと言うほどの水量に達した滝は、滝壺の先の大岩を直撃して豪快に跳ね上がり、轟々と飛沫《しぶき》を噴き上げています。その高さは10メートルを上回っていたでしょう。上から降りしきる大量の飛沫によって生じる風は、まるで台風のときのように激しく吹き付けました。

「龍の歓待」だと思いました。

先ほどから湧いてきた力の源はこれだったのです。日本を発つ日に全身に鳥肌が立ったことも思い出しました。

普段の山中泊であれば川に浸かって水浴びをするところですが、この日の激流ではそれも叶いません。その代わり、大岩からの飛沫が天然のシャワーになっており、水滴の勢いが強くてバチバチ当たって痛いものの、爽快な水浴びになりました。

一行4人で目の前の怒涛の激流を眺めていた時のことです。もちろん橋などありませんから、「明日はこの川を渡るのか?」と尋ねると、「そうだ」と答えます。

でした。

八月一日、全き愛によって、湧玉が生まれ変わりました。まだ29歳であったこの日、たぶん私は通常の時間の枠からは外れ、魂も剥き出しになっていたのだと思います。

湧玉誕生

湧玉とは核
この惑星の創造の源
濃密な愛が濃密な光をまとい　湧きたっている
湧玉より創造が湧きたち　顕現する
この惑星の創造のフィルターにして　この惑星の気
生まれ変わった　愛によって創造された湧玉
創造は息づく愛によってなされた
……約束された黄金の伝説

聞き返しはしませんでしたが、こんなのをどうやって生きて渡ることができるのか不思議でなりませんでした。

4日目、朝起きてみると昨日の激流は嘘のように引いており、特段の危険もなく川を渡ることができました。

標高800メートル辺りを歩いていた時のことです。ふと何かの気配を感じたことから、道の脇を覗き込んでみました。

すると、端正な黒紫のランの花がうつむき加減で咲いていいました。

ランの声を感じることができたのかなと、ちょっと嬉しくなりました。

実は、この時の感覚は、「この花を見る人間はお前しかいない」と伝わってきた時の感覚（61ページ）と同じでした。それ以来、日本でもこの感覚を覚えると、そこには東南アジア原産のランの鉢が置かれているのが常です。

野営場所に着くと、谷底の川に降りて水浴びです。

たくさんのヒルが入っていた登山靴からは、洗っても洗っても血に染まった赤い水が流れ出ましたが、冷たい清冽な水で体も服も十分にすすぎ、生まれ変わったようにさっぱりしました。

夜の森も歩きたかったのですが、現地ガイドは「行ってもいいさ。だけど、トラが多いんだ」と落ち着かない様子です。あまり心配をかけても悪いなと思って、止めました。このあたりの感覚は、かつて山行を共にした先住民ガイドとはだいぶん違っていました。

5日目、山頂近くには、「天上の盆栽庭園」と形容したくなるほどの美しい針葉樹林が形成されていました。マレーシアで針葉樹林を見るのは初めてです。

針葉樹林といっても、日本のスギやヒノキのように真っ直ぐではありません。糸魚川真柏《いといがわしんぱく》の盆栽のようなもので、複雑にうねっています。樹々の佇まいは実に見事で、うっとりと眺めていると、こちらの気持ちまですっかり平らかになりました。

図8 トラの密猟用の罠に掛かった足

針葉樹林帯を抜けて、先頭を歩いていたその時、突然激しく足が跳ね上げられました。うかつにも、太いワイヤーでこしらえたトラの密猟用の罠に掛かってしまったのです（図8）。

人があまり訪れず、トラの生息密度の高いこの山には、密猟用の罠が仕掛けてあったのです。何でも、漢方薬の闇市場でトラを一頭売ると、数年は働かずに暮らせるということでした。

罠には、2回掛かりました。

決して気持ちのいいものではなく、これで動物の気持ちも少しは分かるようになったかもしれないとか、2頭のトラの命を救ったといえるかもしれない、トラの棲む森に入った日本人は数あれど、トラの罠に掛かったのは俺だけかもしれない、武勇伝が増えたぞなどと、どうでもいいようなことを考えて自分を慰めました。


6日目、朝早くからの下山中、鳥のさえずりが交わされる朝ぼらけの森には、まだうっすらと霧が掛かっていました。数日前には激流になっていた川を渡り、薄暗い林内に入ると、まるでスポットライトのように、一筋だけ朝日が差し込んでいます。

視線がゆっくりと光の筋を下へとたどり、一枚だけ照らし出されたオオバギの大きな葉を見た瞬間、ハッとして打たれたように動けなくなりました。

見たことのない鮮やかな色をした、巨大なオオツチバチが止まっていたのです。

ハチは、一瞬私の方に向き直ったかと思うと、悠然と空中に浮かび上がり、そして密林の彼方へと飛び去っていきました。

精霊の化身のようでした。

行きには「龍の歓待」を感じた場所で、帰りには精霊の化身のようなハチを見る。歩きにくくて難儀はしたけれど、景観は美しい。

救助用のヘリを待機させたのも、トラ用の罠に掛かったのも初めてでしたが、川のない場所で、切ったツタから水を飲んで乾きを癒したのも、食べた後に飲む水が甘く感じられるようになる不思議な果物を食べたのも、また初めて。

そうした数日間の最後、薄暗い霧の森の中で、一筋の光に浮かび上がった色鮮やかなハチを見たことで、この山行の全てが証されたように思い、胸には満ち足りた安らかな気持ちが広がったのでした。

具体的にどう結びついているのかというところまでは整理できていませんが、この山行は、彫刻『モヤン・クハウ』の霊的な励起《れいき》に必要で、後の湧玉の鳳凰誕生に欠かすことのできない要素だったと感じています。

マレーシアでの話は、ここまでです。

準備期間

セントラルサンの生命

二〇一三年五月二十八日
高次の存在からの働き掛けがありました。

あなたはセントラルサンから来ました
そのままでは肉体を取れないので
エネルギーを絞り込んで降りてきたのです

セントラルサンの全き愛を
地球という制限の掛かった場でどのように表現していくのかは
これからの課題です
地球の愛は　血の愛です

銀河の中心太陽、セントラルサン。

そこでは、自らの内部で愛が爆発していました。

愛する対象が何かということも思い浮かべられず、瞬間瞬間に歓喜が爆発している大歓喜のただ中にある、そういう状態です。

人の意識は、嫌悪に傾けることができますが、そこでの意識は嫌悪に傾けることができません。

物理次元において恒星が遍《あまね》く光を放射しているのは、不可視の次元で愛を全一感と共に遍く放射していることの反映だと思います。

「全き愛」とは自己完結している愛で、「血の愛」とは血縁に通う愛。これを狭量な愛だと捉えるかどうかは、血に対する認識に左右されます。

学生時代、発想が奔放でありながら非常に敬虔なお坊さんから、仏像は住職の顔を基に彫るのだと聞きました。

祈りに没入しやすいからなのだそうです。

愛し合う二人の間に生まれる子供の顔は、自分自身と愛する人との両方に似ています。両親にとって、これ以上、情の移りやすい顔はほかにありません。

血を「光の幾何学構造の連なり」が物質的に顕現したものだと捉え、人として生まれるに至る精妙な仕組みに思いをはせれば、自然と頭が下がるのではないかと思います。

切れた小指の靭帯と折れた彫刻の羽

二〇一五年十二月十九日
本屋で手に取った瞬間、体中を電気が走ったことが理由で、『ミステリー・オブ・ザ・ホワイトライオン』（リンダ・タッカー　ヒカルランド）を買いました。
本には、前足掌《てのひら》に傷のあるライオンが、アフリカのズールー族の王を助けた話が書いてありました。

この夜、私は怪我をして左手小指の靭帯を切りました。ライオンが痛めていた部位と同じです。

二〇一五年十二月二十日

『ミステリー・オブ・ザ・ホワイトライオン』を読みながら、いつの間にか午睡に引き込まれていました。

目が覚めたその時、ふと気になって見た窓の外には、ライオンの横顔そのものの雲が浮かんでいました。すぐさまカメラを取り出しましたが、雲はわずか数十秒の間にすっかり消えてしまっていました。

ライオンの精霊からの働き掛けだったのかと、そんなことを思いました。

二〇一五年十二月二十三日（天皇誕生日）

『ミステリー・オブ・ザ・ホワイトライオン』を読みながら、合間に部屋を掃除していました。すると、目の前で、触れてもいない彫刻『モヤン・クハウ』の左の翼、３枚のうち一番外側の羽が根元の辺りから折れて、ゴトリと落ちました。

この日は当時の天皇誕生日でしたので、当然、天皇とライオンの関係も示唆するものだったのでしょう。しかも、折れた羽は人の手でいえば左手小指。

私はまだ治らない疼《うず》きを自分の左手小指に感じながら、しばし呆然と立ち尽くしました。

隠されたダイヤモンド

二〇一九年十一月四日
夢を見ました。

会合の場で、ある男性の霊的な能力の一端が知られることになりました。会合の参加者は皆、同じホテルに泊まっています。

一日の日程を終えた男性が部屋のベッドで寝ていると、ある女性が、呪術の力によって彼を身動きできないようにしてから部屋に入ってきました。

「あなたは何者なの。教えてちょうだい。教えてくだされればよいことよ」

髪を逆立てた攻撃的な表情で、秘密を明かせと要求しています。

その様子は、もはや人間のそれではありません。

女性は、皆の前では高次の意識に憧れを持っているかのように振る舞いながら、その実、意識の進化などには何の興味も持っていませんでした。関心があるのは、いかに自分が霊的な能力を身に付けるかということだけで、それを発揮しては自己満足を覚えたり、あるいは他人に誉めそやされたりすることに夢中だったのです。

自分が持ちたくてしょうがない能力を男性が既に使っていることを知った女性は、何が何でも手に入れようと夜叉を呼び出したのです。

夜叉の力は強く、男性を呪力で押さえ込んだうえに、意識を乗っ取ろうと攻勢をかけてきます。しかし、男性も意識を明け渡すことはありません。

膠着状態が続く中、男性はようやくのことで振り絞った、しかし、力強い声で、

「私は隠されたダイヤモンドである。その秘密はそなたの理解の及ぶところにない」

と告げました。

すると、夜叉の力は急速に弱まって消え去り、女性も普通の人間の様子に戻りました。

「ダイヤモンド」とは、銀河系宇宙の進化を司どる、ダイヤモンドと共鳴する星、スメラミコトの御魂のエネルギーの星のことでした。

その星のエネルギーは、夜叉などの力を遥かに抜き超えた、より大きな何かです。

力では破れなかった膠着状態は、内奥の光によって打開されたのでした。

祝之神事とライオン

私は二〇一三年十月二十六日、夢の中でアンドロメダ銀河の図書館に案内されました。そこに保持された知識は、胸の前に現れた板状の物から私の意識の中に流れ込んできたのですが、夢から覚めると、受け入れた知識を取り出すことができなくなっていました。それが少しずつ思い出されたのを、自分の内で検証しながらまとめました。

夢の中で、祝之神事《はふりのしんじ》と、アシュターと、『オイカイワタチ』（渡辺大起　オイカイワタチ出版会）の関係について説明を受けました。

祝之神事とは、白川伯王家に伝えられていた古神道の秘儀、アシュターはシリウスの宇宙人、『オイカイワタチ』は、主に一九五〇年代から盛んになった宇宙人とのコンタクトや、それらを通じて一九八一年一月十一日に近江神宮で行われた内奥の世界における地球新生の節目、「湧玉の祝事の儀式」に至るまでの過程がまとめられた書籍です。

『オイカイワタチ』には、祝之神事のことは何も触れられておりません。数百万年を超える昔からの計画であるものの、出版当時には書けない事情があって伏せられていたのだという話でした。

少々唐突ですが、祝之神事という秘儀は、アシュターとそのグループの宇宙人たちによって、シリウスを経由して地球にもたらされた、アンドロメダ由来の螺旋を描く神降ろしの技法なのだそうです。神の導きの下、地球の窮状を打開すべく、地球側とシリウス側とで織りなされた祈りによって形成された経路を通じて取り入れられたのです。

神の光を地に導き降ろすことは、この技法が地球にもたらされるまでにもマゼラン星雲から地球にやってきた魂が中心となってなされていましたが、それは個々の魂の相応の目覚めと特別な時節の到来との両方がピタリと合致する必要があるために、散発的にしか成功せず、大変な困難を伴いました。

それに対して、祝之神事の技法は、地球を取り巻く厚い黒雲のような障壁に対する漏斗《じょうご》として機能するため、神の光を地に降ろすことをやりやすくします。

私が認識できた範囲では、最初は、ジンバブエを含むアフリカの中部以南の地域にもたらされ、ライオンシャーマンによって、洞窟の闇の中で、ネコ科の生命体の魂の力を借りて斎行されています。現生のようなライオンだけでなく、シリウスの聖なるホワイトライオンやサーベルタイガーも関わっています。それは30万年ほど前のことのようにも、1万数千年前のことのようにも思われました。

考古学的な観点からは、サーベルタイガーもライオンも、骨はどちらの時代の地層からも出土しているため、特定には至りませんでした。それから、ライオンが洞窟にいるのを少し不思議に思いましたが、ホラアナライオンという名が表すとおり、当時のライオンの多くの骨が洞窟から見つかっています。

初期に洞窟で斎行されたその真髄は、音の響きにあります。ライオンの咆哮がおよそ10キロメートル先まで聞こえるのは、空気だけでなく大地を震わせるからだといいます。

大地を震わせるライオンの唸り声は、洞窟の中では四方八方全ての岩盤に轟き、居合わせる者たちを、あらゆる角度から地鳴りのような響きで取り巻くのです。雷音《ライオン》や火山の噴火、地殻変動を思わせるそれは、原初からの天地創造の響きでもあります。

イエスと皇室の血筋

ライオンと一緒ではなかったかもしれませんが、この秘儀はイエスも受けています。

出自のユダ族は聖書に「ユダは獅子の子」、「王笏《おうしゃく》はユダから離れず」と書かれ、獅子王と呼ばれたユダ族のソロモン王は、南アフリカに滞在していたことがライオンシャーマンの間に伝えられています。いつの時代からか祝之神事を継いだ王族だったのでしょう。

イエスとマグダラのマリアによって日本にもたらされ、四国の剣山《つるぎさん》に秘蔵されたという巻物も、ユダ族に伝えられていた物に違いないと推測しています。

日本においては、祝之神事が代々の天皇に受け継がれることは、大変重要視されました。例えば鎌倉時代、これは土御門天皇の記憶に入り込んだのではないかと思いますが、内径が10メートルほどの八角円堂の中で、幼帝が、周囲を囲む8人の巫女から祝詞の奏上を受けると、幼帝に現れた反応に秘儀の成就を見た神官や巫女たちは感激の涙を流し、幼帝も周囲のただならぬ喜びように幼いながらも自身を誇らしく感じていたのです。

この八角円堂は、法隆寺の夢殿だったように思います。入り込んだ記憶では八角円堂の高さは現在の夢殿よりも低かったので調べてみたところ、土御門天皇の時代も含め、一二三〇年の大改造までは、今よりも約2メートル低かったのだそうです。夢殿の構造については、皇位継承の際の天皇の玉座である高御座との共通点も指摘されています。小さい頃から夢殿が好きで、ベッドの横にはポスターを貼っていた私としては、興味を惹かれる話です。

また、皇室には、ひいては日本には、イエスの血が引き継がれています。いわゆる日本人は、遺伝的に清和源氏と桓武平家の少なくともどちらかの血を引くといわれますが、どちらも元は天皇です。

1世代を25年とすると、わずか千年で40世代を経るわけで、もしも千年前の先祖が別々の人間であったなら、1人に対して2の40乗、1兆人を超える先祖がいることになります。規模の大きな移民は終わっていたと考えられる千年前でも、日本の人口はたかだか500万人程度だったと推定されているわけで、我々は互いに先祖の多くが重複している親戚どうしです。我々は先祖の血を全て分け隔てなく受け入れ、こうして存在しているのです。

もちろん、その血筋は国内に留まるものではありません。移民や定期的な交流、偶発的な漂流も含め、人は海を越えて他の大陸や島々と往き来してきました。

東京都美術館で、ハプスブルク家の馬車を描いた一五二〇年頃の木版画『マクシミリアン1世の凱旋車』の馬車に有翼の獅子グリフィンに加え、太陽を背にした八咫烏《やたがらす》を見た時には、ハプスブルク家が皇室の血筋であることを直感して大いに驚きました。後日、『日本皇統が創めたハプスブルク大公家　國體ネットワークから血液型分類を授かった陸軍特務（落合・吉薗秘史3）』（落合莞爾　成甲書房）に、マクシミリアン1世は第93代後伏見天皇の曾孫で、欧州に渡った治仁王の孫であると書かれてあるのを読んで、さらに驚きました。

欧州の王室も、皇室の血筋だということになります。

血は意識と深く結びついた「光の幾何学構造の連なり」（57ページ）の物質界への反映で、私たちの直接の先祖から子孫へと連なる血族の集合意識を形成し、血族のそこへの相互作用を容易にします。鉄を多く含みますので、鉄と共鳴する星である地球においては、星の本質と繋がって強い力を発揮するのです。

「地球の愛は血の愛です」と聞きましたが、その言葉の意味はここにもあります。

亡くなった祖父が夢に現れて、

「皇室は皇室だけでは成り立たない。日本には、引いている血のために、それとは知らず皇室の働きに大きく寄与する家がいくつもあって、皇室はその者たちの日々の生活に対する心の在り方によって支えられている。

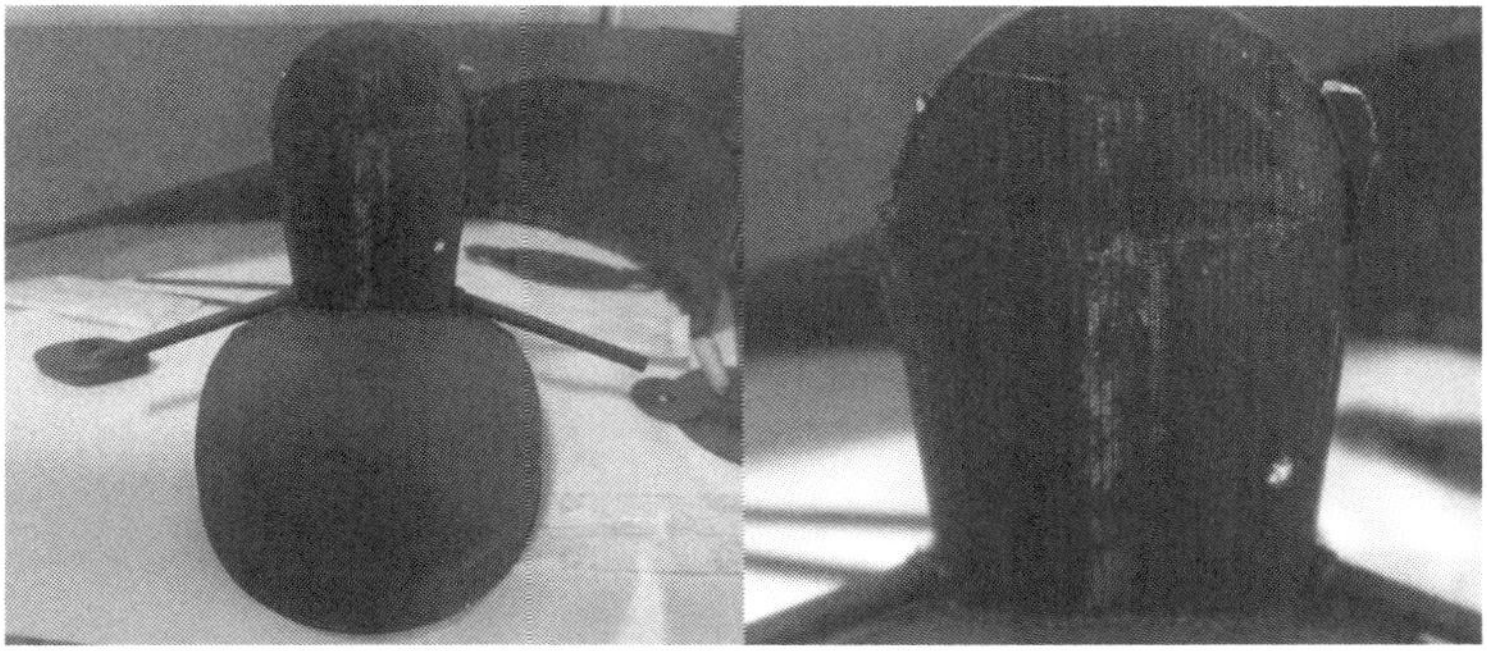

図９　十字の刻まれた土御門上皇の冠

その者たちは、自分がそのような血だと知る必要はない。知る、知らぬとは関係なく、その働きはなされるものだ」と言い残していったこともありました。血統だけでなく転生にまつわる霊統も指しているようでしたが、両者は重複する部分が多く、それほど異なるものではありません。

土御門上皇の行在所《あんざいしょ》であった月見山宝幢《ほうどう》院(高知県香南市)に残されている上皇の冠の巾子《こじ》には、十字が刻まれています(図9)。この意匠は現代にも引き継がれていますし、十字の紋章は古い時代から様々のところで使われています。しかし、私はガラスケースに収まる冠を覗き込んでこの刻みに気付いた時、皇室とイエスの繋がりを示す物証のように思いました。

イエスが暮らしたと伝わる剣山南麓の香美市物部町別府から天忍穂別《あめのおしほわけ》神社(高知県香南市　天忍穂耳尊《あめのおしほみみのみこと》・饒速日命《にぎはやひのみこと》)に行こうとしていた日には、サナンダから、

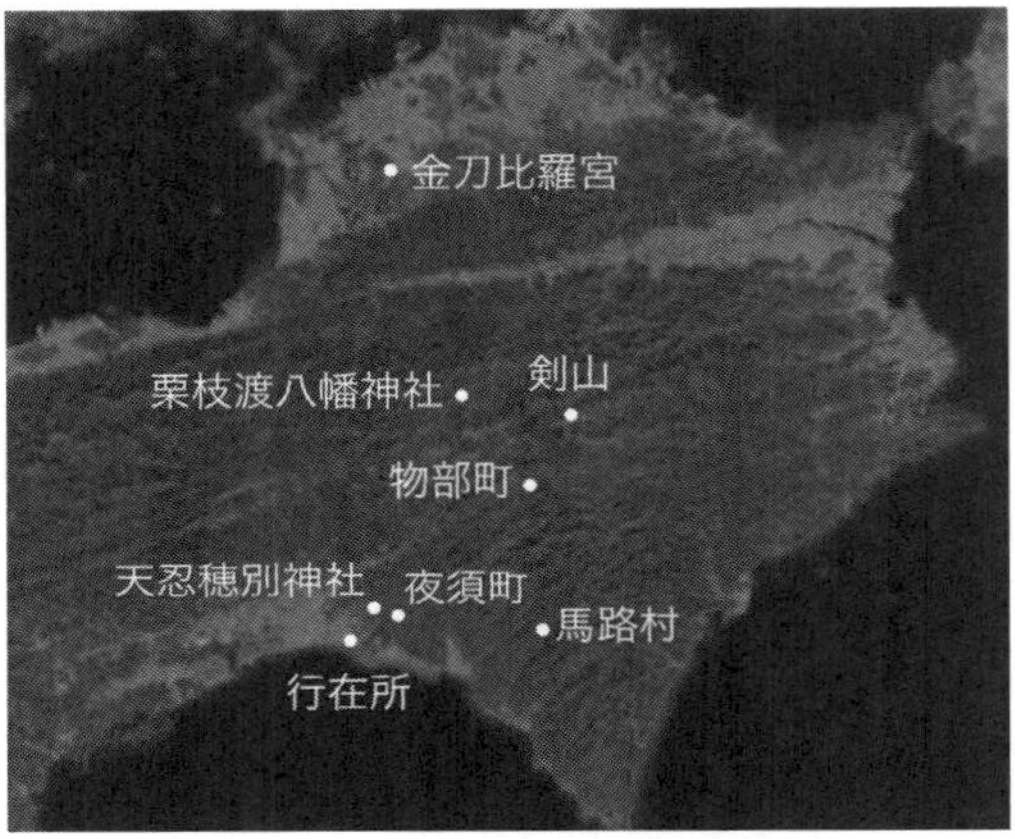

図10　天忍穂別神社と近隣地域

イエスの子孫をたどる

と伝えられました。

饒速日命が河内国、大和国を経てやってきた場所だと伝わり、本殿の裏手には宇宙船と同質のエネルギーを感じる不思議な神社です（図10）。河内《かわち》と高知《こうち》は同じだと思います。

神社を後にして車で気ままに進むと、そこには土御門上皇の行在所がありました。

饒速日命は、祭祀を司る氏族、物部氏の祖神であり、登美夜須毘売《とみやすびめ》との間に宇摩志麻遅命《うましまぢのみこと》をもうけたとされていますので、いざなぎ流（50ページ）の残る香美市物部町のほか、夜須町、馬路村《うまじ》が近隣にあって、物部川が流れている点は興味深く思います。

夜須町には、彼らの祭祀場だったと直感した場所もあります。

行在所周辺から物部町を経て剣山西側の徳島県祖谷地域までは、古来、塩の道で繋がっており、祖谷にはイエスとの関係が取り沙汰される栗枝渡《くりしど》八幡神社もあります。

この塩の道の一部は、饒速日命が滞在したといわれる金刀比羅宮《ことひらぐう》（香川県仲多度郡琴平町）への参詣「金毘羅参り」のための主要道であった時期があるほか、「金刀比羅宮や奈良県の三輪山で祀られている大物主神《おおものぬしのかみ》は、饒速日命の別名ですよ、神様にはたくさん名前がありますからね。娘婿の神武天皇を気に入って、国を譲ったというのが真相ですよ」と教えてくださった方もありました。

もちろん、このような事柄をどれだけ連ねたところで、何かを証明できるわけではありませんし、史書や伝承ごとに異なる事績、血縁関係などは実に様々で、とてもではありませんが互いの整合性が取れません。事績について言えば、本当は数世代かけて一族で成し遂げたことが特定の個人が成し遂げたかのように伝わっている場合もあれば、事実に幾通りもの解釈ができるという面も、既に様々の混同や変節を経ている面もあるでしょう。さらには、自然現象を擬人化して伝えている場合があることも想像されます。事実に迫ることは容易ではありません。

しかし、イエスの血を引く人物がこの近辺で生活した時期があり、それが饒速日命として祀られているのは確かだろうとは思っています。

時代を遡るにつれて年代があやふやになる古代天皇の即位年を、人が成熟するまでの年齢に大きな変化がないという条件の下で、数学的に推定してみたこともあります。即位年は生年や没年よりも、記録がはっきりしているからです。

いくつかの方法を検討したところ、十分な精度が担保できた数理的モデルでは、饒速日命が神武天皇の義父だったと仮定すると、即位年の西暦はいずれも１７０年から１９８年程度の間に収まりました。

この結果から、土佐国にやってきた饒速日命が生きていたのは、西暦で１５０年頃から２４０年頃の間のどこかくらいだと推定しています。

神様と呼んでも高次の意識体と呼んでもかまいませんが、そういう存在が仔細を明快に解説するようなことはありません。受け取った側が自分の責任で読み解き、そこに誤りが生じることがあっても、誤りを通して学ぶのです。

物事に対する解釈は、正誤よりは的への遠近の方が実態に近く、的へと近づく手掛かりも様々だと思います。

注…図10、12、22、30、31は Wolfram 社の科学技術ソフトウェア Mathematica の GeoGraphics 機能を使って作成

地軸がそれを向いている

さて、ある日のこと、祝之神事の技法を地球にもたらすにあたって、サナンダとアシュターは高次の意識体としても、また、人間の形をとったそれぞれの分霊を通しても、ずいぶん協力し合っていたことや、スメラミコトの御魂の本源となる星、つまり、ダイヤモンドの星との関係について、思いを巡らせていました。

地球が鉄、太陽が金と共鳴するように、現在の北極星の方向にはダイヤモンドと共鳴する星があります。私は以前から、北斗七星信仰の本当のところは、この星をたたえることではないかと思っていました。

鉄の地球や金の太陽のように、金属を核とする星は他からの影響にもっと敏感なのですが、その星の核はダイヤモンドであるため、他に動じることのない恒久性と比類のないエネルギーの純粋性を誇ります。銀河の進化を司る、銀河の神界とも言える領域なのです。

もう既に部屋の空気はかなり変容し、体には断続的に澄み切ったエネルギーが掛かってきていました。

それにしても、いくら進化の周期の訪れを迎えているとはいえ、「銀河系宇宙に横たわる二元性の深い相克を解き放つきっかけとなる」、「銀河系宇宙の星々の進化のひな形となる」など、どうしてここまで地球が特別なのだろうかと考えが進んだ時のことでした。

おもむろに、

地軸がそれを向いている

と告げられました。

地球がこの銀河の進化の鍵を握る理由は
地球の地軸がそれを向いているからだ
地軸の向きは他の天体からのエネルギーの受容と関係し
そのために銀河の進化を誘発するエネルギーを降ろすことができる
この数千年間がそのピークになっている

星の自転は、自転軸の方向に伸びる電磁的な軸を作り、それが他の天体と結びつくと、天体間にレイラインを形成します。一度形成された電磁的なそれは、地球の歳差運動によって時間の経過とともに地軸の方向からずれた後も、たわみを許して保たれます。この軸は電磁的ではあるけれども、磁力線とは異なるもののように感じられました。
「この数千年間」がいつ頃終わるのかははっきりしませんでしたが、少なくとも現在の地球は、銀河の進化を司る星から直接にエネルギーが流入する特殊な期間の真っ只中にあるということです。

ダイヤモンドの星と四方拝

二〇一九年十一月二十八日
明治天皇がお受けになって以来、久方ぶりに天皇陛下が祝之神事を受けられたのはこの日だと伺いました。

二〇一九年十二月二日
目が覚めると、天皇の龍を生んだ天の龍、賀茂別雷大神の力が一新されていることに気付きました。新たな力がみなぎった清新な感じがするのです。

未明には高知市付近で凄まじい雷雨があり、高知新聞では、地震だと思った人がいたことや、明け方頃には天地を二分するような帯状の雲が出て、街の景色も瑞々しく見えたことが報道されました。

高知市付近の気象現象が報道されるのは、記憶する限り、二〇一九年四月十八日「神宮に親謁の儀」の日の内暈《ないうん》と飛行機雲が報じられて以来のことでした。

私はこれを、天皇陛下に祝之神事が受け継がれたことと結び付けて考えました。

二〇一九年十二月三十一日（大晦日）

夢の中の話です。

ちょっと古びた街、建物の多さの割には人通りの少ない街にいました。

神仙界への入り口を思わせる大きな門の前に、お付きの方と一緒に天皇陛下が歩いてこられました。学友との待ち合わせ時間までの間に、私を案内する所があるということでした。意思疎通はテレパシーで行われました。

2人で古いビルの中に入ると、扉をくぐっては入り組んだ通路を歩いてエレベーターで下の階に降りることを繰り返し、やがて四畳半ほどの隠し部屋へ着きました。ビルが古びていることで誰にも気付かれないのだということでした。

簡素な木製の机の上には、両掌で包み込めるくらいの大きさの、ガラスのような物質でできた青い卵型の灯りが一つ置いてあって、部屋全体がほんのりと照らされています。灯りの内部に灯っている光は青白くほのかで、何かが燃えているのでもなければ、電気によるものでもありません。ちょっと目線を向けているだけでも、心が深海の底のように落ち着いてきます。

不思議な光だなと思いました。

動きはしないけれども、生きている何かだと感じます。

灯りを挟んで陛下と座った私は、天皇の龍の誕生について経緯を説明申し上げました。

少し間を置いて、陛下は仕草で「灯りを見るように」と示されました。

陛下も見つめておられる灯りに視点を合わせると、私の意識は光の向こうの深く青い宇宙空間へと引き込まれました。

歴代天皇が体得してきた認識で満たされた空間です。

それらの認識のうち、私が包まれたのは陛下の目線によって私の所へ誘《いざな》われたいくつかで、その中には四方拝における星との関係も含まれていました。

四方拝は、ある星のエネルギーを地上に導き下ろし、その星のエネルギーと渾然一体となった中で行われるということです。

その星は、北極星の方向にあるスメラミコトの御魂のエネルギーの星、ダイヤモンドの星でした。

しばしの時が経過し、気が付くと私の意識は元の部屋に戻っていました。

その時の陛下の右目は極めて印象的で、何もないようでもあれば、一切を含んでいるようでもある底なしの光を帯びておられ、私が立ち会ったお産の時の妊婦の目に似ていました。

隠し部屋から地上に出ると、陛下は門の前で約束していた方々とお会いになられ、そこで別れました。私の姿は、周囲の人には見えていなかったようで、誰からも気付かれることはありませんでした。

夢から覚めると、この日が大晦日、つまり、天皇陛下が即位後初めて四方拝を執り行われる前日であることに気付き、だからこんな夢を見たのかと思いました。

翌日、令和二年元旦、銀河の進化を司るエネルギーと渾然一体となった祈りが捧げられ、燦

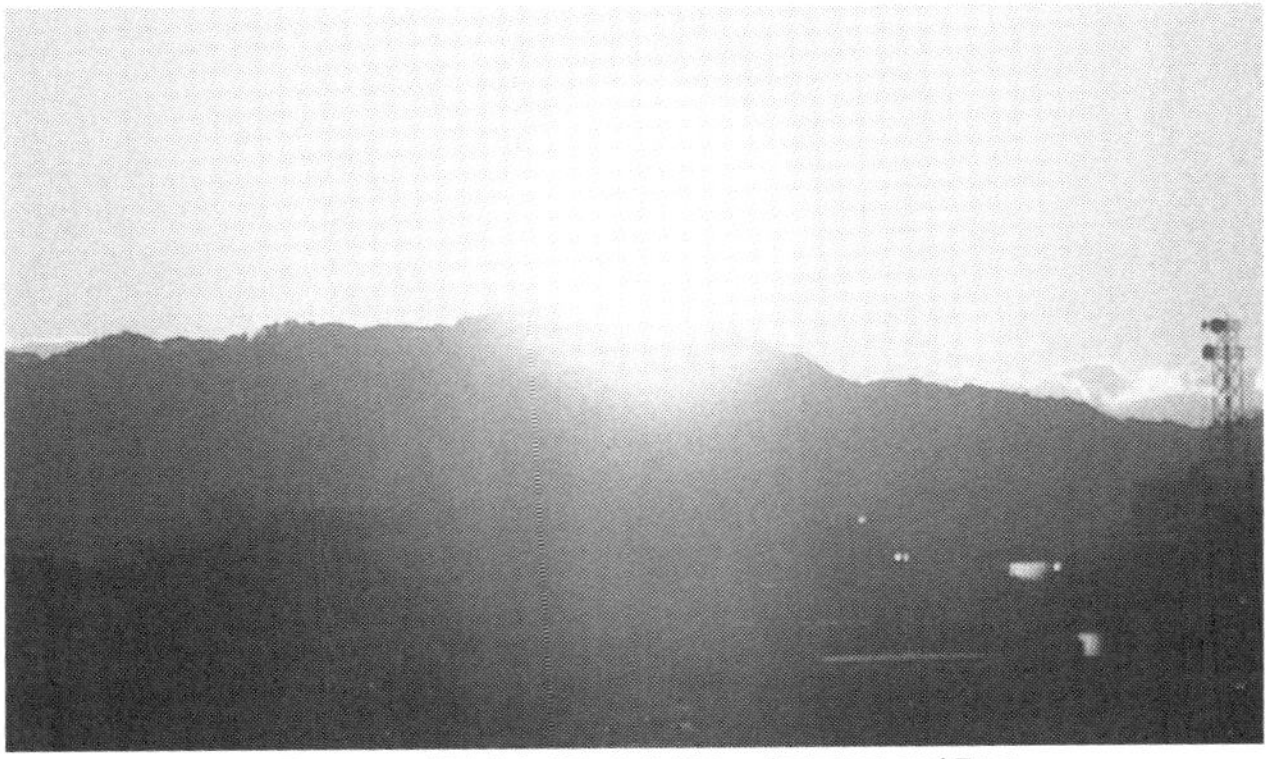

図 11　燦然と輝く令和二年元旦の朝日

然と輝く朝日（図11）が上りました。

地球に、これまでよりもはるかに多く、銀河の進化を誘発するエネルギーが流れ込んだのだと思います。

日本に配置される天上の獅子

ところで、アフリカのライオンシャーマンには、シリウスは天上の獅子の眼、オリオン座の三つ星の真ん中のアルニラムは魂、獅子座のレグルスは心臓だと伝えられているそうです。私はたびたびシリウスの星の獣、ホワイトライオンの両眼から、涙が滝となって地球に降り注いでいる映像を見ていましたので、シリウスが瞳に対応しているというのは合点がいきました。

ジンバブエ近辺でライオンを通して始まった祝之神事が日本に存在するのですから、これら天上の獅子に関わる三つの星の位置関係が、日本の聖地の配置に現れているはずだと考えました。

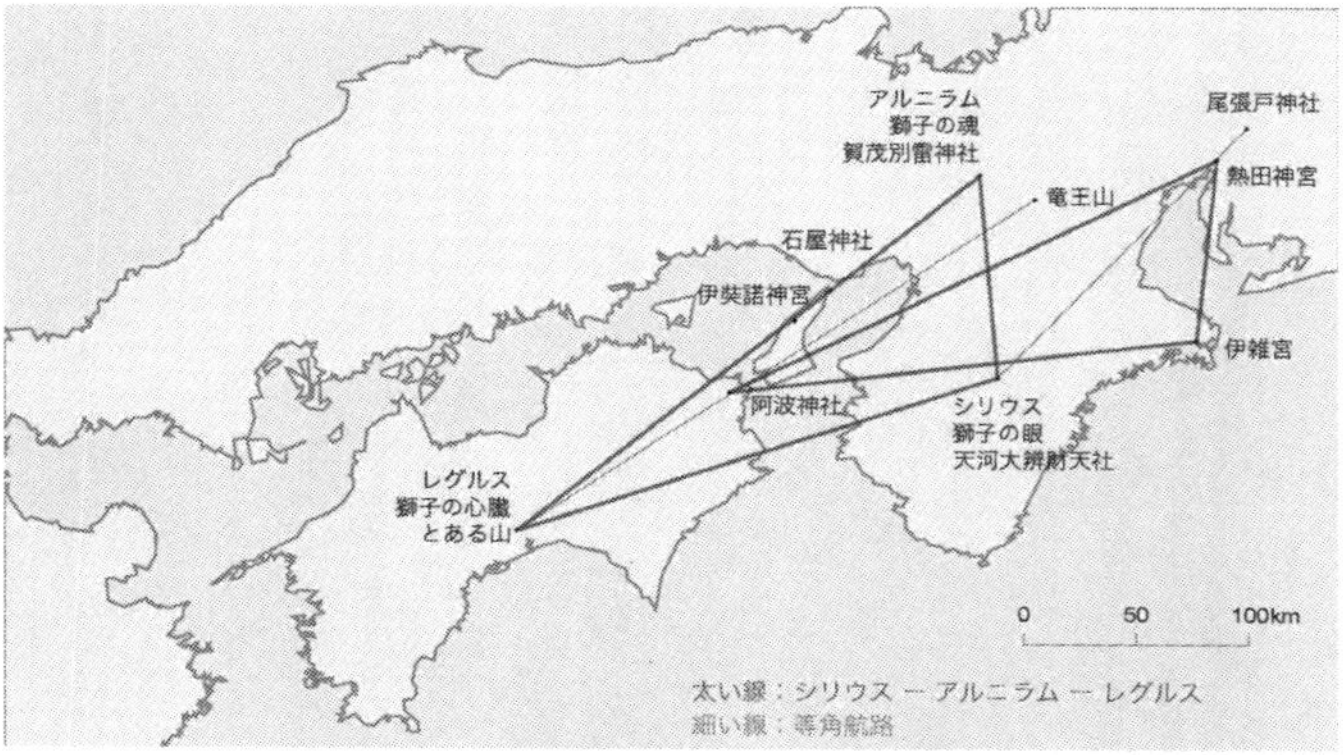

図12　日本に配置される天上の獅子

そこで、これまでに訪ねたことのある聖地と星々の位置関係を分析するため、位置情報をGoogle Earthと国立天文台ホームページで取得し、聖地の聖域は半径1キロメートルの円に見立てて描画しました。半径を1キロメートルとしたのは、経験上、昆虫の棲息密度が半径数百メートルから数キロメートルで変化するのを、土地のエネルギーを反映した現象だと捉えているためです。

また、測地経路（最短経路）では、地球が丸いために3点のつくる内角の和が１８０度にならないことを勘案して、等角航路（方位一定の経路）で調べました。

計算の結果は、天河大辨財天社―賀茂別雷神社―とある山と、伊雑宮―熱田神宮―阿波神社の形が、シリウス―アルニラム―レグルスと相似でした（図12）。予想通りでした。

さらには、石屋神社と伊奘諾神宮は賀茂別雷神社と、とある山を結ぶ経路上に並びます。また、尾張戸神社は熱田神宮と天河大辨財天社を結ぶ経路上に、竜王山は阿波神社と、とある山を結ぶ経路上に並んでおり、特異な配列をしています。

雑学にすぎませんが、ジンバブエのショナ語では、「アマイ」がお母さん、「イノナカ」が美味しい、「モシェモシェ」が元気だよの意味で、日本語との類似を感じます。

有翼の獅子と鳳凰

二〇一九年二月二十日（満月）

夜、とある山の頂を訪れました。宇宙船もかなりの数が飛んでいたと思います。満月の脇の彩雲も、その横に少しずつ大きさを変えながら連なった笠雲も美しく、カメラを持っていなかったことを残念に思いました。白龍と有翼の霊獣の存在を感じました。

二〇一九年四月十四日

前日から東京入りしていた私は、保江先生とタクシーで移動していました。

車窓から呉服店に掛けられていた鳳凰の絵が見えたその時、ふと、「天皇の龍と対の鳳凰も生まれなければ完成しないのに、鳳凰の話は何も聞かないな」と思って、そのことを話しました。そんな知識は何もないはずの自分自身が、そう思っていることに気が付いた瞬間でした。今にして思えば、保江先生と一緒にいる時に鳳凰を話題にしていたことは、極めて予言的でした。

二〇一九年四月十八日

「神宮に親謁の儀」のこの日、高知県では、太陽の周囲に内暈、外暈《がいうん》、幻日《げんじつ》に環水平アークと、見事な虹のショーが次々に繰り広げられました。

二〇一九年四月十九日（満月）

高知新聞には、「神宮に親謁の儀」の記事の隣に、「日がさに柄!? 飛行機雲と共演 高知市」という見出しで、内暈とその中心を貫く飛行機雲が写真と共に報じられました。

「エンペラー・ウェザー」という言葉があるように、記者の方も、天皇皇后両陛下の伊勢神宮への参拝と太陽の周りの虹との間に、少なからぬ関連を感じ取ったのではないかと想像しました。

その晩、美しい月の夜を、とある山の頂で過ごした私は、そこから天皇陛下（現上皇陛下）の虹の龍が天に還られたのを知り、また、月明かりに輝く彩雲が有翼の霊獣を象った雲と、それに連なる笠雲に姿を変えたのを見ました。

二月二十日と同じ霊獣の心象は、よりはっきりしました。

有翼の獅子、グリフィンでした。

黒紫の学び

二〇二〇年二月十六日

夢を見ました。

忙しく色を調合している小人がいます。人の学びの色合いを調合する精霊です。

この世には、人間の意識の成長を導いている意識体が存在します。意識体の意図を察知した精霊は、様々な要素によって織りなされる人間界の時空間の様相を読み取って、人の体験の色合いを調合します。調合された体験が、人間の世界に現れるのです。

嬉々として、ものすごい勢いで作業をしている小人の前に、黒紫色の水晶のようなものが一瞬見えました。

何でも、紫の学びは調合が難しくないのですが、黒紫は難しく、滅多に実現しないそうなのです。調合に高度な技術が必要なだけでなく、そもそも、稀にしか時機が訪れないのだといいます。そんなわけで、小人はここぞとばかりに熱中しているのでした。

人は、あらゆる色合いの学びを積むことで、人間としての経験を充実させます。

この頃、私の周りに起きていた出来事は、大変貴重な「黒紫の学び」だったということでした。

起床後、人は淡く優しい色の学びは喜んで引き受けるのに、黒紫の学びは引き受けたがらないなと思いました。

小さな水晶のかけらのような個人の体験一つ一つの集積は、それぞれの色合いが異なりながらも、全体として美しい何かです。

部分部分に目をやると、淡く優しい色が醸し出す繊細な美は、引き締まった黒によって引き立てられていることに、それから、すっかり忘れ去られたかのような体験も、欠くことのできない全体の一部として、あるべき場所に、あるべき色と形で存在していることに気付かされます。

恐れることはありません。深淵なる人の本質は、それらを余すことなく味わい尽くしながらも、まるで何でもなかったかのように超然としています。

地球が欲する精神と108か所のお宮

新型コロナウイルス感染症の流行が喧伝され、社会全体に緊張感が高まっていた頃の話です。

二〇二〇年三月十一日

子供の精神は無垢そのもの。

奥行きや深みはほとんどなく、それでいて既存の社会通念を楽々と超えていきます。

そんな子供の精神も、大人になるにつれて奥行きや深みを増していきます。

大人の精神は、既存のものを掘り下げることを得意とするものの、既存のものを超越することは子供よりも難しい。年齢とともに変化する精神は、それに応じた特性を持っています。

地球は精神のあらゆる奥行きと深みを必要としている

地球には、人類の精神の深みの多様性が必要です。

また、必要とする深みの帯域は惑星によって異なっており、今の地球には、今の地球に必要な精神が存在しているのです。

二〇二〇年三月十二日
夢の中で聞きました。
子供と犬が全部で１０８か所の聖地を訪れる
それは近く完成されるだろう

その晩、私としては珍しく、夢を見ては目が覚め、目が覚めては夢を見るということが長々と繰り返されました。しかも、全ての夢が一続きになっているのです。

夢の前半には、全貌が掴めませんでした。

５歳から７歳くらいまでの子供が１人１か所、犬の散歩をしながら近所の小さなお宮の敷地を通るのです。畏《かしこ》まっているわけではないけれども、ただ通っているだけでもない。敷地に足を踏み入れて、ちょっと佇むか、手を合わせるか。

子供しか持ち得ない囚われのない意識が、深い次元にまで浸透しています。

それが108か所で行われると、新型コロナウイルス感染症に対して、日本への強力な守りとして機能するというのです。


5歳くらいの子と柴犬、長靴を履いた子と毛が長く眼が隠れそうなほどの黒い犬等々、子供が犬とお宮に行く様子が延々と映し出されます。

白装束に身を包むのでもなければ、祝詞を奏上するのでもない。なにしろ、全て年端もいかない子供ばかりです。それから、由緒正しい大きな神社というわけでもありません。いずれも人家に近い小さなお宮で、1か所だけ、拝殿前に立ちはだかるかのように巨大なスギの御神木の生えたお宮があったものの、それ以外は、際立った特徴もありませんでした。

こんなことは想像もしなかったなと思うと、

神の業はそなたの理解をはるかに超えたところにある

そなたは見ておれ

と伝わってきました。

前日受けた、「地球は精神のあらゆる奥行きと深みを必要としている」とはこういうことなのでしょう。

二〇二〇年三月十三日

新型コロナウイルス感染症対策の特別措置法が成立し、国民生活や経済に甚大な影響を及ぼすおそれがある場合などに総理大臣が宣言を行い、緊急的な措置を取る期間や区域を指定することができるようになりました。

安倍総理大臣は、二〇二〇年四月七日に東京、神奈川、埼玉、千葉、大阪、兵庫、福岡の7都府県に緊急事態宣言を行い、四月十六日には対象を全国に拡大しました。

二〇二〇年四月二十五日

車で走っていると、遠くからでも目立つほど大きなスギがそびえていました。御神木かなと思って行ってみるとそのとおりで、社殿前に立ちはだかるかのように生えています（図13）。

図 13　社殿前にそびえる御神木のスギ

その特徴から、すぐに思い出しました。

この神社、若一王子宮《にゃくいちおうじぐう》（高知県香美郡香北町）は、三月十二日の夢に出てきた１０８か所のお宮の一つだったのです。

夢で見る場所は、現実に存在することが多いのですが、ここもその一つでした。

湧玉の鳳凰誕生

汝、王となれ

二〇二〇年四月十八日

天忍穂別神社を初めて訪れました。

この神社の雰囲気には、実に独特な崇高さがあり、今でも地中に宇宙船が格納されているのではないかと思うほどです。

樹齢６００年のヒノキだけでなく、たくさんのこぶで幹が巾着のように膨らんだ、大変特徴的なモチノキも生えています。木の生え方が独特なのは、その土地のもつエネルギーが独特だからでしょう。

裏山の頂まで藪を漕いで登り、下りる途中で、ふと何の気なしに、大きな岩の一つに両掌を添えるようにして触れました。すると、その岩から、

汝、王となれ

という言葉が響いてきました。

ふだんの私であれば、「おっ！　面白そうな話じゃないか」と乗ってきそうなものですが、この時はそうならないばかりか、真っ先に頭に浮かんだのは、「それだけは勘弁してくれ」というものでした。どうしてそこまで嫌だったのかは分かりません。

私は王について、これまでに何度か生徒に話したことがあります。

「君たちは将来、王に、女王になる。
それは威張る王じゃない。
自分の周りが幸せになる王であり、女王だ。
これは職業や社会的な地位のことじゃない。

そんなことは関係しない。

だからその代わり、自分の考えと違うからといって、他人のものの見方に腹を立てているだけではいけない。

なぜなら、ここでいう王や女王は、自分とは考えの違う人や、自分のことを嫌っている人の幸せも考える存在だからね。

それから人間のことだけでなく、動物や植物、山や川の幸せだって考える。

今のみんなは、王様修行、女王様修行をしているところだ。

僕はみんなのことを王子様扱い、お姫様扱いして接するから、そのつもりで」

まあ、こんな感じのことを土佐弁で話してきたわけです。

他人には「王となれ」と話しておきながら、自分が言われたら嫌だなんて身勝手なものだと思いますが、だいたいにおいて、人というものは論理的ではないのだし、できれば避けて通りたいということには変わりありませんでした。

今日は五月一日や

二〇二〇年五月一日（上弦）

目が覚めると、轟神社（高知県香南市）のことを考えていました。なぜか、「今日は轟神社に行く日だ」と判っていたのです。一九九七年、「湧玉誕生」に関わって、道に迷った山中で鳥居を見かけたことから一度だけ参拝した神社です。

ゴールデンウィーク真っ只中の好天でしたが、道路は不思議なほど空いており、改めて緊急事態宣言の影響の大きさを実感しました。

車を停めて神社へと向かう山道は23年ぶりで懐かしく、道の脇のシダや木々の新緑も目に鮮やかです。一歩一歩、ゆっくり上りました。

拝殿前で参拝し、裏側の様子も見てみようと、社の東側に回り込んだ時のことです。強い神気を感じました。細胞の一つ一つが痺れ上がるほど、全身が反応しています。

この場所こそがスメラミコトのカルマを封印した七つ目の場所（18ページ）だと理解した瞬間、神気はなおいっそう強さを増しました。

思いがけない展開に驚きながらも、内なる感覚に耳を澄ませようと目を閉じると、現実にお会いしたことのある方の姿が目の前に浮かんできました（この方には、背後にまるで紫雲がたなびいているような高貴な雰囲気を感じますので、以下、紫雲の方とします）。

その様子から、徳仁陛下が皇位を継承なさる前日にお会いした時の出来事の意味を悟り、

「あれはやはり、○○への即位だったのか」

と思うと、心眼に映る紫雲の方は、おっしゃられました。

「そうや。

それでな、今度はあなたの番なんや。

あなたは△△の王位に就く時が来たんやな。

その証拠に今日は五月一日や」

△△が何なのかは、まるで聞き漏らしたかのように認識できませんでした。おそらく私が聞きたくないか、聞いても受け入れられない言葉だったのだと思います。

芳《かんば》しくない私の様子に、紫雲の方は、

「そやけど、ほかの道はないしなあ。まあ、わしの役割はここまでや」

といった風で去っていかれました。

「証拠が五月一日？」

訳の分からないまま観念した私は、自分の戸惑いは脇へ置いて、今という瞬間に集中し直しました。

どれくらいの時間が経ったでしょうか。

脳裏には、一九九七年にこの神社に参拝したことや、その後の「湧玉誕生」、それから二〇一九年の「天皇の龍の誕生」までのことが走馬灯のように駆け巡りました。

そんな中で頭上から降り注ぐ鮮やかな光を浴びていると、だんだんと気持ちが素朴でおおらかになってきました。

気が付くと、「王となれ」なんてまっぴらごめんだとか、そういう個人的なことはどうでもよくなっていました。

轟神社からは、さらに奥へと道が続いていました。初めての道をちょっと歩いてみると、もののの数分で、少し開けた場所に出ました。

足を踏み入れるなり、その場が古くから神事が斎行されてきた場所であり、また、スメラミコトのカルマを封印した六つ目の場所であることを、直感的に悟りました。

脇には「大峯《おおみね》神社」と刻まれた石が据えられ、小さな祠もありました。

「王位に就く時が来た」というのですから、どこかに座ればよいだろうと判断し、ここに腰掛けるべきだと思った所に腰を下ろしました。

帰宅途中、「今日は独りで来たけれど、それで良かったのだろうか」と思うと、

□□が仕掛けた仕組みである

あそこには王のカルマの仕掛けがしてあったのだ

と伝わってきました。

「土御門上皇のことか」

と思うと、全身が痺れ上がりました。スメラミコトのカルマを7か所に封印したのが土御門上皇だったことに、その時初めて気付いたのです。驚きました。

それと同時に、理由もなく、

「天忍穂別神社から13日後の話だったら判る」

と思いました。なぜそんなことを思ったのか、自分でも判然としません。ふと湧いてきた思いを捉えたとしか言いようがありません。

帰宅して確認すると、天忍穂別神社に行ったのは四月十八日で、この日は確かにその13日後

でした。

「やっぱりそうなのか」と、観念しました。たぶん、この一連の出来事が自分の妄想だったなら、よほど気が楽だったろうにという気持ちがあったのだと思います。

なお、「あなたは△△の王位に就く時が来たんやな」の「△△」は、「あなた」と読み替えることにしました。それであれば「△△」と矛盾することはないし、一人一人が自分自身の王であるという、誰にでも当てはまる言い方ですから、何とか折り合いをつけることができたのです。

飼っていた虫の意識

二〇二〇年五月九日

当時、雄と雌と1匹ずつ飼っていたクワガタの雄が、夢に出てきました。

雄は、自分が雌や幼虫のためにどれだけ力を尽くしているのか知ってほしいという様子でした。

潜り込んだマットをほぐして回っては、空気の循環と湿度を調整します。また、朽木を砕いてはバクテリアの培地とし、自身が持つ有用バクテリアを増殖します。そうすることで、産卵や孵化に適した環境が実現するのです。

擬人化して表現すれば、思いやりが深く、献身的な働きぶりでした。

目が覚めてから飼育ケースを確認すると、まだ冬眠から覚めたばかりの活動は活発でなく、朽木もそのままの状態でした。

二〇二〇年六月二十八日

飼育ケースを掃除しようと開けたところ、マットに埋め込んでいた朽木は均等に砕かれ、木屑になっていました。

五月九日の夢を思い出しました。

確かに雌が出す木屑よりも粗く、これは夢で見たとおり、雄が砕いたのかもしれないなと思いました。

二〇二〇年七月一日

不意に五月九日の夢を思い出して飼育ケースを開けると、ちょうどクワガタの雄が息絶えたところでした。体は死後硬直していないものの、もう動くことはありませんでした。

五月九日の夢が、私への遺言だったように思えてきました。

しかも驚いたことに、毎日雄と一緒に昆虫ゼリーを食べていた雌は、この日を境に餌に寄り付かなくなりました。絶食し始めたのです。

二〇二〇年七月十日
絶食し始めて9日後のこの日、雌は息絶えました。

雄を亡くして生きる気力を失い、そのまま死んでしまったとしか思えませんでした。

賀茂の節句は成し遂げられました

二〇二〇年八月三日
夢です。
大きな和風の建物の座敷に、天皇陛下がいらっしゃいました。
次々と訪れる面会の方に精力的に、しかも丁寧に接しておられ、その中のある一人に対しては、特別に言葉を送られました。

夢の中では4行だったその言葉には、3度あった機会の最後にやっと成し遂げられた事柄と、その内容とが明らかにされていました。しかし、目が覚めると違う言葉で1行になっていました。

賀茂の節句は成し遂げられました

という言葉です。この賀茂は、賀茂別雷神社のことでした。

調べてみると、賀茂別雷神社では九月九日の重陽神事など、節句にちなんだ神事が行われています。しかも、御祭神の賀茂別雷大神は、天皇の龍を生んだ存在です。

私には、これがスメラミコトのカルマのことを指しているように思えました。

光の幾何学の魔法

二〇二〇年八月八日

一年以上前、夢の中で80~１００本ほどの淡路島のレイラインの束を統合しようとしているのを見ました。そして、それは二〇一九年三月三十日に成し遂げられました。

この日は、その時のレイラインをコンピュータ上で地図に引いてみようと思い立ち、実際に訪れた56か所の聖地のうち、3か所以上が直線上に並んだものをレイラインとして図示してみました。


まず、西南日本（糸魚川・静岡構造線の南西側）の聖地が形成するレイラインのうち、淡路島を通過するものを数え上げると、聖地は43か所でレイラインは88本ちょうどでした。八月八日に88本。本数が分析した日と同じぞろ目の日であったことで、驚きは増しました。

次に、北海道、東京、沖縄の聖地も含めて数え上げると、聖地はちょうど50か所でレイラインは100本でした。数に対して過剰に意味を求めることは避けたいと思っている中でも、これは土御門上皇がスメラミコトのカルマのことも含めて詠んだ『詠五十首和歌』二組の50首、50首の計100首に対応しているのだと感じるようになりました。

夢と現実とは密接に繋がっていることを改めて確認し、聖地の幾何学的関係に対する認識や数の不思議に対する驚嘆の感覚も深まりました。

二〇二〇年八月十日

午睡の夢に現れた宇宙人が伝えてきたことがあります。日本の土地には光の幾何学の魔法がかけられていること、それは生命体の光の幾何学と同様であるという内容でした。

それらの魔法はあちこちの空間に畳み込まれ、互いに淡い金色の光の軸で繋がっています。全体の構造は、プランクトンの体のように神秘的で、構造自体に明晰な知性が感じられます。祈りによって構成されたそれらは、時節の到来に応じて現地に赴いた人の祈りによって展開され、再構成されます。展開と再構成の循環は終わりなく続くのでした。

2日前のレイラインの分析と、「光の幾何学構造の連なり」(57ページ)のことを思いました。両者は、本質的に同じなのです。

西空のグリフィン

二〇二〇年九月一日

帰宅途中の車中から西空を望むと、見事に霊獣を象った薄雲が出ていました。翼の生えたライオンの体に、頭部は猛禽類のくちばしをそなえ、美しい虹色の幻日も出ていました。

その時、唐突に、

「唐人駄場だ。唐人駄場に行くことになる」

と直感しました。

薄雲は刻々と姿を変え、停車して写真に収めた時には、かなり形が崩れていました（図14）。写真では、くちばしが電柱左側に接する位置に、翼は写真中央から左側に向けて伸びています。幻日は翼と民家の屋根との間に出ていますが、白黒になると判別できません。

図 14　西空のグリフィン

帰宅してみると、ドクタードルフィン松久正先生から電子メールが届いており、そこには、十月に唐人駄場に行くからその時に会いましょうという旨が書かれてありました。
猛禽類の頭部にライオンの体、大きな翼をそなえた霊獣、有翼の獅子はグリフィンとして知られ、ライオンシャーマンの間では、最高位のライオンへの進化を象徴する存在だといわれています。

調和だけでは弱い

二〇二〇年九月二日（満月）

夢を見ました。

精霊と呼べばいいのか神霊と呼べばいいのか、悠久の時の流れを感じさせる意識体から、次の祭祀に関わる地図が届けられました。十数か所の聖地の幾何学的関係が記されており、祭祀の設計図に相当します。どうやら祭祀の責任者は私のようですが、八月十日の夢で見た光の幾何学の魔法がかけられているものの、一見して調子の外れた響き、不調和な響きを伴っていることが判ります。

少し嫌に思いました。できれば不調和な要素など近付けたくはなかったのです。

それなのに、検討の結果、地図のとおりに祭祀に関する出来事全体の一割五分ほど、不調和な要素を取り入れることになります。

不調和を取り入れることを意外に思うと、空間が響きました。

調和だけでは弱い

しばしの間、沈黙が支配します。

目の前には、調和した楕円体のエネルギーが浮かんでいます。確かに、素晴らしい調和なのですが、周囲との隔たりが大きすぎて、周囲から調和への接点を見つけるのが難しい状態です。そのため、調和の領域が丸ごと転覆しかねない危うさをはらんでいるのです。

すると、根を放射状に広げた古木の映像が浮かんできました。

周りにしっかり根を張って、どっしりと安定しています。

映像にじっと向き合っていると、調和の周辺に配する不調和が事を確かにすること、調和の周辺に伴う不調和を昇華することで、調和がより一層確かなものとなることが判りました。

愛は愛でないものを包み込み
その限界を拡大する

調和に不調和を混ぜ込んではなりません。それは全てを台無しにします。しかし、不調和に近づいてはならないという意味でもありません。

木は暗く冷たい土の中にでも、細かい根を無数に張り巡らせます。瑞々しい細胞が少しずつ少しずつ数を増し、ドリルのように螺旋を描きながら、しっかりと大地を抱きしめます。

調和の根は自らを不調和という泥の中へと伸ばしますが、泥を混ぜ込むわけではありません。混ぜ込んでしまえば根は腐り、木は枯死して地響きと共に倒れるだけです。

限界を拡大した愛がすみずみまで細かく行き渡ると、全体が確かになるのです。不調和がもたらしたのは、新たな根を張り巡らせるための場、言い換えれば、愛が愛の限界を拡大するための場です。

また、一割五分、15パーセントという不調和の割合には、それなりに思い当たる節があります。森林は、人の手が入らなくても崖崩れや枯死などによって、年間に面積の5~30パーセント程度に変化が起こって動的平衡を保っているといわれます。この割合は、人や組織はもちろんのこと、様々な物事についても同じことが言えると思います。2、3パーセントの変化しか受け入れられないようでは硬直化していると言わざるを得ず、50パーセントでは我を失ってしまうに違いありません。

西空の鳳凰

二〇二〇年十月四日

この日の祈りは、ライオンと関係があることが判りました。

松久先生一行を唐人駄場園地の中央にある石の前まで案内しました。

この石について、以前から次のことは理解していました。

ムーが終わる前、高位の神官であった私は、自らの能力を高く保ったまま他の高位の神官たちの権力中枢から離れ、北に居を設けていました。自身が地球に対する安全装置として機能するためには、権力中枢からの独立性を保つ必要があったからです。

いくつかの懸命の対処にもかかわらず、中枢を握る者たちの動向は、もはや私の手に負えなくなり、地球の飛躍的進化に失敗して、文明の消失も避けられなくなったことを悟りました。

私は人知れず、１人の女性と共に唐人駄場中央にある石から地球の核に祈りの楔を打ち込みました。祈りを打ち込むことで、やがて時が訪れたときに地球の進化の運が回復する手掛かりができるのです。

その石は地球の中心に繋がるもので、現在は横たえられていますが、当時は直立していました。

この日、皆で祈り始めると、光の乱舞と薄紫色のエネルギーの強いうねりを感じ、その時、瞬時に、これはムーの終わる時に約束したとおりの祈りだったことを理解しました。

祈りを解くと、私はその約束について松久先生に語りました。

同行の方々によると、この時の私と松久先生とは、見たことのないような目付きになっており、二人の間にはうかつに近寄りがたいほどのエネルギーが流れていたそうです。


ムーが終わる前、私は当時の皇后に当たる方を訪れ、今からムーの大陸から姿を消すこと、それは、祈りを打ち込むためであるから心配は無用であることを説明しました。

そして、地球の進化に欠くことのできない壮麗な白龍の世話は、輪廻を通して続けることを約束し、時が至ればその龍を目覚めさせてお渡しすること、さらには、地球の進化の運が回復する時機が到来すればこれから祈りを打ち込む場所に案内し、ともに祈りを捧げることまでも誓っていたのです。

壮麗な白龍は、二〇一九年三月二十四日に東京の白金でお渡ししました（27ページ）。天皇の龍の誕生に欠くことのできない龍でした。

そして、祈りを打ち込んだ場所に案内したのが本日で、当時の皇后に当たる方が、松久先生その人だったのです。

図 15　西空の鳳凰

この後、唐人石の巨石群の上から撮影した西空の写真には、巨大な鳳凰の姿が収められていました（図15）。他人事のように書くのは、その時には鳳凰だと気付いていなかったからです。翼を大空に、尾羽を海原に向けて大きく広げ、左斜め上方に向けられた顔はくちばしを開いています。左眼も見えます。また、心臓の位置、体の中心に抱いた太陽からは天地を貫く光が発せられ、光の柱となっています。

図中の上の画像は撮影したそのままですが、私のカメラにちょうど収まる大きさで雲が出て、しかも存在に気付いてもいない鳳凰をしっかり中央に収めていることには、神意を感じざるを得ませんでした。

松久先生一行は、空海や鳳凰のエネルギーと関わる目的もあって高知にいらっしゃったそうです。この日、唐人駄場で捧げられた祈りによって、湧玉の鳳凰誕生の仕組みが起動したのだと思います。

二〇二〇年十月十日
心眼に、茶色の勇壮な雄ライオンが鋭い目付きで現れた様子が映りました。
生きた眼で、正面からこちらをひたすら凝視していました。

十月四日の祈りにライオンとの関係を感じていたこともあり、何かが一段落ついた気がしました。

夢で見たとおりの古木

二〇二〇年十一月十五日

この日は、初めて青龍寺奥の院（高知県土佐市）に向かいました。四国八十八箇所の一つで、空海が唐の都「長安」からの帰国の際、有縁の地を探すべく東方へ投げた独鈷杵《とっこしょ》が飛来したのはここだと感得したとされています。

海に面した断崖の上にある奥の院の祭神は、波切《なみきり》不動明王でした。空海は、特に重要視した場所に波切不動明王を祀ったともいわれています。

参拝すると、海原に長さ1キロメートルはあろうかという巨大な緑の龍が海面から鎌首をもたげて迫ってきました。

祈りを解いて古びた説明書を読むと、この龍は「我が心の内の憤怒を破砕し給え」と祈る対象なのだそうです。なんだか、涙が出そうになりました。

図16　夢で見たとおりの古木

駐車場へと戻る途中、森の中でひときわ目立つイヌマキの古木がありました。

近付いて根際が視界に入ると、驚きと畏れ、それに喜びの感情が順を追って、それも一瞬の間に湧いてきました。

何と、それは九月二日の夢に出てきた古木そのものだったのです（図16）。

これから事を進めるに当たっては、このようにやっていかなくてはならないのか……。

夢の教えを思い起こしながら、しばしの間、樹齢六百年はあろうかという風格を備えた根際に見入りました。

耳順《じじゅん》と従心

二〇二〇年十一月二十日
ちょうど1週間前、常に公を念頭に置いて清明な心で仕事をしていらっしゃった方との食事の席で、孔子の『論語』に出てくる言葉が話題になりました。その言葉に触発されたのか、1週間後のこの日、「耳順」や「従心」について、急に考えがまとまりました。

天命はこの世に生まれる前に定められ
天命をかけられずに生を受ける魂はない
それは個々の魂それぞれに贈られる神の恩寵で
永遠の進化の道を歩む道標となる
その人と神との間の力強く
密やかな約束でもある

天命を果たすにおいて計画は立てられない
見通しを立てられるのは人の認識の内側に限られ

天命はそれとは別の領域に存在する
それは常に顕在意識の思いもよらなかった方法で成し遂げられるので
計画が意味をなさないのだ
意図もむしろ妨げになり
したがって
ひとたび天命の成就を祈ったならば
その後はきれいさっぱり忘れてしまうのが良い
人はただ成し遂げた後でそれと知るのみである

内奥の声
魂の声は
彼方からもたらされる
かそやかな何かであり
耳順とはその声をそのままに捉えること
平らかでない心は容易にゆがめて映し出し
ゆがみのままに思い描く

それは耳順ではない

耳順によって天命が動き出したその時には
全てがうまく回り始める
日常の生活に決して僅かの軋《きし》みも生じることはなく
些細なことのすみずみまでが予定されていたままに整然と進む
このことによって
天の命に外れていないことを知り
心は案ずることがない
これが従心

ここに天命は形を変えることなく果たされる

こんな風に考えがまとまったということは、近々、天命に関わる何かが始まるのだろうと思いました。

訪れた写真家

二〇二〇年十一月二十八日

ある写真家が、数日前に訪れた写真展で注文したカレンダーを、自宅へ直接届けてくださいました。会場で売り切れていたのが申し訳ないと、一軒一軒、手渡しで回っておられたそうです。

庭先で立ち話を始めると、上空の楕円形の雲がにわかに金色に輝き始め、次いで虹色に縁取られました。

稀に見る見事な彩雲で、出会いが寿《ことほ》がれたことを実感しました。

家人によると、宇宙船もたくさん飛んでいたそうです。

その方とは10日ほど後にも会って、じっくり話し込みました。

空海と縁の深いことは、御魂を継いでいらっしゃる一人に違いないと思うほどで、「空海は、空と海の境の、空でも海でもない中庸に悟りを得たのではないか」とお話しされたのが印象的でした。

十二月十九日に、佐賀県まで陶彩画『天皇の龍』を受け取りにいく予定だと話すと、同行してくださることになりました。

その時には何も分からなかったものの、陶彩画『天皇の龍』は湧玉の鳳凰誕生に欠かせないものでしたから、鳳凰との繋がりが強いという空海に縁深いその方が同行してくださるのは、いかにも運命的に思えます。

二〇二〇年十二月十二日

二〇二〇年十二月五日
夢に、保江先生のお父様が現れました。記憶する限り、2回目のことです。
現在、私が置かれている状況について説明を受け、新たな展開が始まるのだと告げられました。

目が覚めると、心眼に湧玉が見えました。

天皇の龍の誕生の前に、湧玉の中に飛び込んだ7体の龍たちが、再び湧玉の中にはっきりとその姿を現しています。

また何かが生まれる予兆なのだ、新たな展開とはこのことなのだと判りました。

この日は、青龍寺奥の院に向かいました。

海に面した断崖で波切不動明王を祀るこの神社には、同行者と私の二人以外には誰もいませんでした。

瞑目して祝詞を奏上すると、海原に不動明王の姿を感得し、それと同時に、空間がビリビリ震えるほどの凄まじい飛行音がして、エネルギーが掛かってきました。

訳も分からず涙が流れました。


不動明王は黒い体で赤い火焔を背負い、彩色された木彫のように見えました。穏やかな海原の水面に立って現れました。

それから、私には空間がビリビリ震えるほどに感じられた轟音が、同行者には全く聴こえていなかったそうです。天皇の龍の誕生の前にも同じことがありましたから、同じ宇宙船が関わっていたのかもしれません。

仏教と神道と宇宙船との三つの要素が、その場に同時に立ち現れたのでした。

青龍寺の大師堂まで足を伸ばすと、表面が柔らかな印象のイヌマキ材の一様な円柱と、十六花弁菊花紋がありました。

労《ねぎら》いの雰囲気でなく、何かがこれから始まる雰囲気でしたので、一様な円柱のように、偏らず、柔らかさを失うことのないよう、まっすぐに取り組むことだと思いました。

二〇二〇年十二月十二日

保江先生のお父様の御魂が、眼前に現れました。

そのエネルギーはとてつもない意志の強さを感じさせ、一切の妥協を知らない雰囲気です。じわりと思念が伝わってきました。

「アシュターはじゃじゃ馬だ。

人生の要所で、歩むべき道から外れないようにさせるのは大変だった。

それは並大抵ではなかったのだ」

アシュターとは、保江先生のことです。

「お前のことも簡単ではない。

わしが少しでも手綱さばきを誤れば、普通の生活を送ることはできなくなるだろう」

私に掛かるエネルギーがあまりにも強く膨大であるため、少しでも制御を誤れば、私が心身に異常をきたしてしまう。今後しばらく、気の抜けない綱渡りのような状態が続くという意味でした。

また、最後にはこうも告げられました。

「お前はこれから、天皇の龍と一体となってすることがある」

この後、ダイヤモンドの星と渾然一体となったスメラミコトの御魂のエネルギーを全身に浴びました。

土御門天皇のエネルギーだったとも言えると思います。

それは、控えめに言っても強烈な体験で、なるほど、これだけのエネルギーなら、一つ間違えればおかしくなるだろうと思いました。

感覚的に鋭敏になっていたのでしょうか、過去の日本人3人の意識を体感しました。

まずは、徳川秀忠。

父、家康の臨終に立ち会って、肩を震わせながら、

「天下のことをひと時も忘れず進んで参ります」

と固く誓ったこと。

天下とは天の下、つまり、天界の下にある地上全体の最善を片時も忘れずに進むということ

です。

次に、寺田寅彦。

関東大震災を通して、人々の意識の持ち方を喚起すべく奮い立ちます。

震災によって、市井《しせい》の人々の日頃の生活には天災に対する心の備えが不足していたことが露呈しました。天災は必ずやってくるものなのに、まるで初めて知ったかのようにうろたえる人々。

それに加えて、震災直後に朝鮮人が井戸に毒を入れて回っているという噂を耳にした人々が、恐怖に駆られて風説に踊らされる情けなさへの悲憤。家という家が崩れ、焼け果てたこの中で、いったい誰がどうやって毒薬を調達し、運び、その上、どうやって井戸の位置を正確に探り当てては撒いているというのか。人たるもの容易に疑心暗鬼に陥るなど、簡単に誇りを失ってはならないのだと。

そして土御門天皇。

地球の天地を創造しかねない意識の強大にして雄大なることは畏れを感じるほどで、土御門《つちみかど》は土の帝、地球の帝だったのかと思いました。

なお、土御門天皇が天皇であったのは一二一〇年十二月十二日、ちょうど810年前のこの日までのことであり、また、その事実に気付いた日が後の新嘗祭の日であったことにも、神意を感じざるを得ませんでした。

湧玉、光を放つ

二〇二〇年十二月十三日
この日の朝の薄雲は、羽のように細やかで、格別に素晴らしいものでした。

昼下がりに一服していると、胸の前に浮かんだ湧玉が上方に扇型に光を、それもダイヤモンドの光を放っていることに気付きました。

その様子は、まるで鳳凰が湧玉に舞い降りたかのようです。湧玉内部の様子は、光が強すぎてはっきりしません。

前日、ダイヤモンドの星と渾然一体となったスメラミコトの御魂のエネルギーを身に受けたことで、湧玉が変容してしまいました。
その湧玉から鳳凰が生まれつつあることが判ります。
保江先生と松久先生に鳳凰が生まれつつあることを報告すると、二〇二〇年の冬至から鳳凰の時代、風の時代に入るという預言があるが、その預言がいよいよ実現しようとしているのではないかと教えてくださいました。

二〇二〇年十二月十五日
湧玉から放たれる光は、少し落ち着いてきました。
湧玉内部の7体の龍たちから放たれる光でした。

二〇二〇年十二月十七日
幼い頃、絵本で不死鳥だか鳳凰だかが、宝石の山に住んでいるという話を読んだのを思い出しました。
湧玉が放つダイヤモンドの光が鳳凰を象っている様子は、鳳凰がダイヤモンドの上にいるかのようで、あの絵本の話は本当だったのだと思いました。

二〇二〇年十二月十八日
湧玉がうっすらと胸の前に浮かんでいます。
天皇の龍が誕生する前と同じでした。

通勤途中、湧玉の鳳凰の顔が初めて見えました。

ひげはなく口はくちばしですが、全体の雰囲気は、彫刻『モヤン・クハウ』とも、賀茂別雷大神の龍体とも瓜二つです。

そうか、龍のようにしか見えないあの顔が、鳳凰の精霊だというのはこういうことかと思いました。

不思議なことは、鳳凰の顔が見えたかと思うと、私の呼吸が意図せず突然にライオンの唸り声のようになってしまったことです。

この日、職場でくっきりと大変明瞭な幻日を目にしました。

陶彩画『天皇の龍』の完成

二〇二〇年十二月十九日
午前3時起床。湧玉の鳳凰、スメラミコトの鳳凰が完全になるのには、この数日が山だと判りました。
午前4時半、完成した陶彩画『天皇の龍』を受け取るために車で出発しました。家人は、出発前の車の前を白猫が横切ったのを見て、「無事に帰ってこられるな」と思ったそうです。白猫は、ホワイトライオンの隠喩といったところでしょうか。

瀬戸大橋から本州に渡り、壇ノ浦で休憩を取って九州に上陸しました。

佐賀県に入って保江先生から勧められていた鍋島の殿様を祀った岡山神社（佐賀県小城市國武大神）を参拝すると、上空に宇宙船が飛来しました。

神社を出て目的地の草場一壽《かずひさ》工房へ向かう途中、会話の流れは忘れてしまいましたが、「現代の日本でゴキブリに神聖さを見出せる人は大したものだと思いますよ」と話しました。

自宅を出て12時間、やっと草場一壽工房に到着しました。既に作品の精細な写真はいただいていたものの、画架に立て掛けられた陶彩画の実物は、それをはるかに上回る素晴らしさで、思わず顔がほころびました。

記念写真を撮影した床の間には、草場様の作品『富士越えの龍』が飾られてありました。たくさんの作品がある中で、なぜ富士山に関わる物を選ばれたのだろうかと、何となく不思議な感じがしたのを覚えています。この意味は、8日後に理解することとなりました。

二〇二〇年十二月二十日

武雄神社（佐賀県武雄市　武内宿禰《たけのうちのすくね》）を訪ねました。

樹齢三〇〇〇年以上といわれる長い年月を経た大楠は、それ自体が多種多様な生き物の息吹を宿した森のようで、龍の体に見えるこぶ、ライオンかトラの顔に見えるこぶがあって、梢には鳥たちがたくさん行き来しています。

天皇の龍と鳳凰に関わる獣は、龍とライオン、トラ、そして鳥でしたので、ぴったり当てはまるなと思いました。

また、帰り際に見た看板には、一一八五年の壇ノ浦の戦いで源頼朝が密使を遣わせて平家追討を祈願し、勝利を収めた後は後鳥羽天皇の勅使を遣わせて深謝していることが書かれてありました。

そもそも、佐賀県を訪れたのは、二〇一九年に湧玉から生まれた天皇の龍を描いてもらった陶彩画を受け取るためです。龍の誕生には、その前段として湧玉誕生が必要でした。湧玉誕生が叶わなかった最後の機会は、壇ノ浦の戦いから承久の乱の間までのことですから、この神社を訪れるのは、いかにも運命的であるように思われました。

湧玉の鳳凰誕生

二〇二〇年十二月二十一日（冬至）

朝起きると、天皇の龍は胎蔵界曼荼羅、湧玉の鳳凰は金剛界曼荼羅なのだと理解できていました。

二つは対になっているのです。

天皇の龍は湧玉に入った7体の龍の総和で、湧玉の鳳凰はそれら7体の龍の反映です。

とある山の頂に向かいました。

「仏像に魂を入れるように、陶彩画『天皇の龍』にも魂を入れなければならない。それは冬至の今日、この日のほかにない。また、その場所は幼い頃から慣れ親しみ、一九九七年の湧玉誕生や二〇一九年の天皇の龍の誕生にも深く関わった、この場所しかない」と思ったのです。

箱から取り出した陶彩画の前に水晶玉を置くと、にわかに空間が変容し、辺りには神聖な気配が満ちました。

目を閉じて祝詞を奏上し始めると、自ずとあふれ出す涙でなかなか声になりませんでしたが、途中からは何かが切り替わったかのように声に力がこもり、最後は警蹕と共に陶彩画にエネルギーが流れ込みました。こういうのを「魂が入った」というのだなと思いました。

しばらく余韻に浸って目を開けると、3ミリほどの小さなゴキブリが、ちょうど陶彩画の上を登り始めたところでした。

温暖な高知県にあっても、さすがに冬至の時分に野外でゴキブリを見かけるのは稀です。2日前に、「現代の日本でゴキブリに神聖さを見出せる人は大したものだと思いますよ」と話したことを思い出しました。

小さなゴキブリに象徴される神聖さが鍵なのです。

啓示は、人が思い描くようなやり方でもたらされるとは限りません。

下山中、じわじわと湧玉の鳳凰の誕生が完成した実感が込み上げてきました。ダイヤモンドの星と渾然一体となったスメラミコトの御魂のエネルギーを受けると、湧玉がダイヤモンドの星の光を発し始めました。その光によって湧玉の鳳凰は徐々に形を取り始めていたのですが、そこに陶彩画への入魂が引き金となって、天皇の龍が相見《あいまみ》えた湧玉の鳳凰に力を与え、湧玉の鳳凰の誕生が完全になったのです。

9日前の二〇二〇年十二月十二日、ぞろ目の日に、「お前はこれから天皇の龍と一体となってすることがある」と告げられたのはこのことだったのだと判りました。

天皇の龍は、姿を象った龍雲が、陸上で明け方の東の空に現れてから2か月後に誕生しましたが、湧玉の鳳凰は、姿を象った雲が、海上で夕方の西の空に現れてから2か月後の誕生でした。

二〇二〇年十二月二十二日

夢の中で、保江先生が神事を施してくださいました。

神事の最中に宇宙空間に響く、シャリーンとか、カリーンという音が印象に残りました。

二〇二〇年十二月二十三日（明仁陛下誕生日）

この日も、夢の中で保江先生が神事を施してくださいました。仕事から帰宅すると、北方から鳳凰の一団が地球へ降りてくる様子を霊視しました。

その数は数百羽に上り、壮麗としか言いようがありません。

これらは金色で、古来から絵に描かれてきたような姿形をしています。全身金色のものも、尾羽が落ち着いた緑色のものもいました。シャリーンとか、カリーンといった調べと共に地球へと降りてきました。

また、湧玉の鳳凰の右眼は赤、左眼は青でした。これまでは片眼が赤く、片眼が青いことは判っていましたが、見定めようとすると、どちらがどちらなのか、どうしても判然としなかったのです。

二〇一九年四月十九日、明仁陛下の虹の龍が天に還った日にも、満月に照り輝く霊獣グリフィンを象った雲を見ているのですから、明仁陛下御生誕の日に、このような情景を心眼に見るのは、いかにもふさわしく思えました。

ところで、『字統』（白川静　平凡社）によれば、鳳凰の古い表記は鳳皇です（図17）。

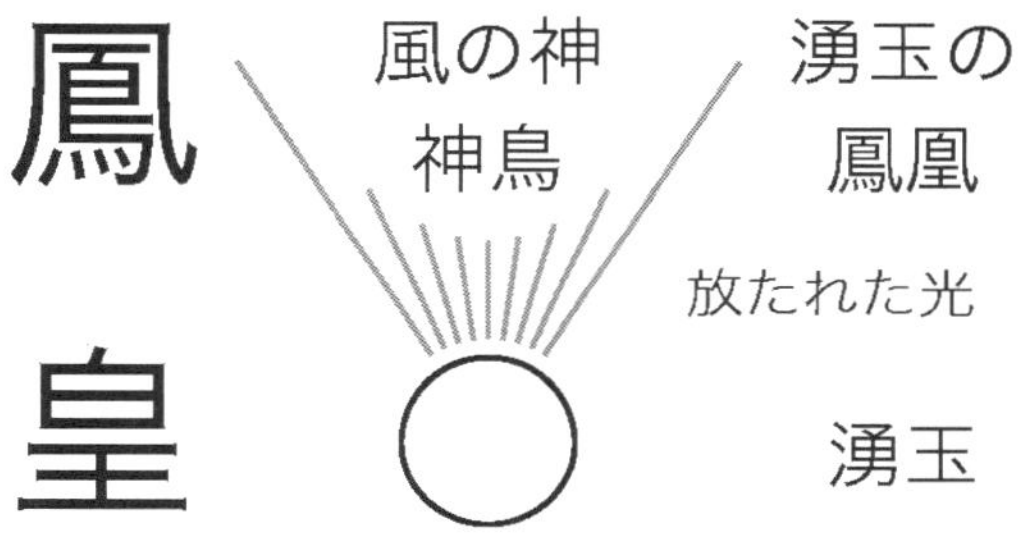

図 17　鳳凰の古い表記と図式化した字義

鳳は羽ばたきによって風を起こす神鳥で風の神、風の神は後に龍型だとされています。また、皇は王の前の玉から放たれた光を、王の上に表したものとなっています。

すると、胸の前に浮かぶ湧玉から放たれた光に湧玉の龍が作用して、「風の時代」、「鳳凰の時代」の象徴である湧玉の鳳凰が誕生したことは、まさに古代の字義どおりです。

私は、三千年ほど前の人々が文字で表したとおりを、身をもって体験したのです。

仕上げの場所になる

二〇二〇年十二月二十七日

夢を見ました。

私の家族2人が相談しています。ほかの人には難しくて手に負えない何か、母性に関わる何かを生み出そうとしていて、自分たちの成功を確信している様子でした。

場面が変わり、私は暗い寒空の下にいました。

透明な水が滔々《とうとう》と湧き出す水辺にしゃがみ込み、水面を見つめています。神社の横の湧水でした。祈りを捧げようとしています。

すると、空間全体が響きました。

静岡の『湧玉の祝事の儀式』の場所が、仕上げの場所になる

夢の中の私は、それを富士山本宮浅間大社（静岡県富士宮市　駿河国一宮　木花之佐久夜《このはなのさくや》毘売命《ひめのみこと》）の湧玉池のことだと思っていました。

8日前に『富士越えの龍』を背に記念写真を撮ったのは、ここで結びついていたのだと納得しました。

『宇宙からの黙示録』（渡辺大起　徳間書店）によると、「湧玉の祝事の儀式」は、一九八一年一月十一日に近江神宮（滋賀県大津市　天智天皇）で斎行されています。

そのことから、湧玉池へ赴くのは、年明けの一月十一日、「湧玉の祝事の儀式」からちょうど40年後の同じ日が良いと判断しました。
湧玉誕生、天皇の龍の誕生、湧玉の鳳凰の誕生というスメラミコトのカルマ三つの仕上げです。

降三世明王《ごうさんぜみょうおう》

二〇二一年一月四日
夢を見ました。
静謐《せぃひつ》な空間にいます。そこは寺の本堂で、中は薄暗くてはっきりとは見えないものの、たくさんの仏像が並んでいる様子です。
降三世明王
この言葉で目が覚めました。
一週間後に静岡に行こうとしているのだから、寺は静岡県にあるに違いないと見当を付け、夢で見た本堂の様子から、静岡県最古の寺である摩訶耶寺《まかやじ》（浜松市　厄除正観世音菩薩）であることを突き止めました。

浜松市は、江戸幕府第二代征夷大将軍徳川秀忠の出生地であることに加え、摩訶耶寺の本堂は秀忠の亡くなった一六三二年に再建されていること、高麗門《こうらいもん》は秀忠の父、家康が築城した野地城から移築したといわれていることも分かりました。

私は時折、秀忠の記憶に入り込んでしまったように感じることがありますが、これまでは神社や寺などに行っても、徳川家が関係することがほとんどありませんでした。ところが、この寺は徳川家と非常に縁が深い。

秀忠に親近感を抱いているせいか、体がほどけて笑みがこぼれてしまいます。

「冗談のような本当の話だ！　はっはっは！」と独り言を言い、愉快な気持ちで眠りに就きました。

二〇二一年一月五日
夢の中で、ある物理学者が女性音楽家に後ろから包み込まれるようにして、音楽家の奏でる曲を静かに聴いています。二人は丸まって、玉のように見えます。物理学者は奏でられる音の美しさにはらはらと涙をこぼしていました。
湧玉の鳳凰の羽が数十枚に増えて、見事に広げられている様子も感じました。

二〇二一年一月六日

夢を見ました。

ある者ははらはらと、別の者は咽《むせ》びながら、感謝の涙を流しています。

いや、とても感謝という言葉では括《くく》りきれない、深いところから衝き動かされるような涙です。

たくさん見せられる同じような場面は、場所も時代も様々でした。

彼らは皆、孤独の中で微かな道筋をたどりながら自らの霊的役割を果たしてきたのですが、それが天命に沿う道であったことを改めて知って、「こんなありがたいことだったら、どんな困難にも耐え忍ぶ価値がある」と涙を流していたのです。

地球という空間には、これらの純真が浸透しています。突き詰められた純真の見かけはさりげなく素朴であるために、その場にはまるで何も存在しないかのようです。

しかしながら、何気ないひとときにふと涙がこぼれそうになるその時、その時はあなたの魂の純真が、空間に浸透した純真に触れているのです。

時節が到来し、これら純真の大きなうねりが生じつつあると、そういう夢でした。

通勤途中、正面に細い螺旋状の雲があり、その少し先に宇宙船が滞空していたのが、しばらくすると、スーッと滑空しながら姿が見えなくなりました。

今朝の夢の重要性を伝えるものだったと思います。


この日、原因不明ながら京都の鴨川が赤く濁ったことが報道されました。

また、この日から全国のあちこちで大雪が降ったり、強風が起こったりし始めました。

二〇二一年一月八日
大雪や強風は、全国あちこちで続いています。

気象庁の観測では、八日朝までの12時間降雪量は、富山県高岡市、富山市で観測史上最も多くなっています。

霊的な意義の大きい出来事には、地球の反応が天候の変化として現れるものです。

一月十一日に向けた祓《はら》い清めが起こっているのだと感じました。

二〇二一年一月九日
夢の中に、極めて清浄な意識の方が描いた線画が現れました。

それを前にしただけで心が洗われるような、そういう静けさを湛えています。

細心の注意を払って引かれた一本一本の線は、よく見ると線でなく、線よりもはるかに細かな、しかも、一つ一つが明晰な知性を持つ象形文字やシンボルの連なりで構成されています。祝詞といってもよいでしょう。

想像を絶する細密な線画の全ては、その方の繊細で明晰な祈りの反映なのでした。


十一日には、このようなことも認識したうえで臨むことが必要だと思いました。

二〇二一年一月十日
早朝に出発し、静岡県の三ヶ日駅から歩いて摩訶耶寺に向かっていたところ、寺への曲がり角から、いかにも良い雰囲気の神社が見えました。

伊勢の皇大神宮を思わせる神社は、濱名惣社神明宮《はまなそうしゃしんめいぐう》（静岡県浜松市　天照皇大御神）といい、境内の立て札には「徳川家歴代将軍から尊崇された」と書かれてありました。これから向かう摩訶耶寺と共に、徳川家との縁が深い場所なのです。

ひととおり参拝して境内を出ようとしたところ、ちょうどスピーカーの真下を通った時に、

「雅楽の奉納演奏がありますので、拝殿にお入りください」

という放送がかかりました。

もしも5秒でも放送の時間がずれていたら、聴力が弱い私には聞き取れなかったことでしょう。

ありがたく思って拝殿に入ると、「昭和56年8月21日、徳仁親王殿下参拝」と書いてありました。天皇陛下が皇太子時代に参拝なさっていたのです。

太鼓や笙による厳かな演奏と雅やかな巫女舞を末席から眺めていると、途中から天皇陛下が仄かな白い光を帯びた階段を上がっていかれる様子、次いで皇后さまが上がっていかれる様子を感じました。もちろん肉体でいらっしゃるわけではなく、そう感じたという話です。

摩訶耶寺では、ガイドの方に降三世明王のことを尋ねると、わざわざご住職を呼んでくださり、お話を伺うことができました。

後日、金剛界曼荼羅には降三世会、降三世三昧耶会という部分があることを知り、前年十二月二十一日には、湧玉の鳳凰は金剛界曼荼羅であると感得したことを思い出して、鳥肌が立ちました。

湧玉池の畔で

二〇二一年一月十一日

午前4時に起き、スメラミコトの御魂のエネルギーを受けた日にいただいた榊《さかき》一枝を持って、富士山本宮浅間大社に向かいました。

参道を拝殿に向かって歩くだけで、訳もなく涙が浮かんできました。

晴れ渡った、しかし、まだ薄暗い空には、富士も神々しい姿で浮かび上がっています。

境内には、まだ誰もいません。

湧玉池に着いて周囲を順に回り、夢で見た場所を慎重に見定めます。

それは禊所《みそぎしょ》でした。正面から水が流れてきて、右手に抜けていきます。しゃがんでみて初めてここだと分かり、見つけられて安心しました。

ゆっくりと腰を下ろし、祈りを捧げると、意識のうねりに伴って、辺りの鳥たちは力強く鳴きました。アンドロメダから地球にやってきた魂たちの苦難の歴史も思い浮かびます。最後に榊一枝を流し、祈りを解きました。

湯気を伴ってこんこんと水の湧く湧玉池を見つめていると、池にいたマガモ2つがい4羽が揃って私の方に泳いできました。4羽とも首をスッと伸ばして視点を私から逸らさず、真っ直ぐに寄ってきたのです。

その様子に、「天皇の龍」の誕生に際しての広島県宮島のシカを思い出しました。その時は、4頭のシカが耳をピンと立てて私に真っ直ぐ近付いてきました。マガモは耳を立てられませんが、ピンとして注意が私だけに向けられている様子は、まるで同じだったのです。シカは角がある点で龍であるのと比して、「湧玉の鳳凰」は鳥であり、だからマガモなのだと思いました。

マガモたちは、カメラを向けると眼を逸らしてしまいましたが、その後もしばらく私の足元で浮かんでいました(図18)。それがスーッと池の真ん中へ移動したかと思うと、見計らったかのようにちょうどその時、本殿の方からドーンと大きな太鼓の音が響きました。

図18　寄ってきた4羽のマガモ

終わったことを悟りました。

今回の道中では、行き交う人から恭《うやうや》しく会釈されることが何度もありました。これも「天皇

図19　自宅横からの日暈

の龍」の誕生の時以来で、普段の生活の中ではそんなことはありません。おそらくその時の私は、ありがたいことに、目には見えない数々の純真や祈りを奉戴したまま歩いていたのではないか、そうでもなければこんなことはあり得ないなと思いました。

帰路の列車の中からは、岡山、徳島、高知の所々で日暈が見られました。高知駅に着くと曇天でしたが、自宅の１００メートルほど手前から日暈、外暈、環天頂アークが見え始め、それから1時間以上も続きました（図19）。

同じ天体現象は、この日、富士山の麓のほか、愛知県、京都府、長野県など近畿、東海各地で観察されたことが報じられています。

自然界に徴が現れたことを知り、あらためて大変晴れやかな気持ちになりました。

スメラミコトのカルマである湧玉誕生、天皇の龍の誕生、湧玉の鳳凰の誕生は、こうして締め括られました。

土御門天皇がスメラミコトとして担っていた役割は、この三つだったのだと思います。

かつて、土御門上皇は一二二一年の承久の乱に際して役割を果たせずに終わった自らを深く嘆き、役割を果たすことへの切なる思いを都への慕情にたとえながら、その行く末を『詠五十首和歌』の中で次のように詠んでいます。

あかざりし　みやこをこふる　涙こそ　つひにこしぢの　雪ときえしか

飽くことなく都を思って流した涙も、ついに越路の雪となって消えたことだなぁ

先行きの見えなかった悲嘆も天へ引き上げられ、降った雪が融けるように地で解消されることを詠んだものだと解釈していましたが、なぜ「越路」なのかは分からずにいました。雪さえ降れば、北陸地方でなくてもよさそうに思えたからです。

しかし、承久の乱からちょうど８００年後、上皇の役割が湧玉池の畔で締め括られる際に大雪が降ったのは、まぎれもなく越路その地で、和歌に詠まれていたとおりだったのです。

私はその事実に気付いた瞬間、ぶるぶるっと震え、そして黙り込んでしまいました。

祝詞に舞う龍と鳳凰

二〇二一年三月十二日
とある山の項を目指して歩いていました。

しかし、足首の状態が悪く、今日は諦めて引き返そうかと考えていると、飛行音とも風切り音ともつかない大きな音が轟々と鳴り始めました。

聞いたことのない音であるだけでなく、呼び掛けられているように感じるのです。同行者と互いに「何とも不思議な音だ」と話しているうちに、「この不思議な音は、山頂で待っているということではないか」と思えてきました。すると、それを待っていたかのように音が止みました。

再び山頂を目指して歩き始め、車道と小径との分岐点では、足に負担の掛からない車道を行こうとすると、急に神気が掛かってきました。小径を上がれということだと理解して、そちらに進みました。

すると、ハトほどの大きさの純白の鳥が、木立に囲まれた小径を山頂の方に向かって飛びました。少し距離があったので現実の鳥なのかどうかはっきりしませんでしたが、白い鳥獣を見掛けるのは霊的意義の大きい時です。敬虔な気持ちになりました。

ほどなくして山頂に着きました。

いつもよりも、辺りの草木の生命力が高まっているように感じられます。祝詞を奏上し始めると、にわかにつむじ風が吹き起こり、それと同時に、一帯を囲んで天地を貫く光の筒と、その中にいる天皇の龍を感じました。

光の筒の内部で気に吹き上げられ、実に気持ちよさそうに生き生きとしています。その様子に、ポロポロッと涙がこぼれました。

途中からは湧玉の鳳凰も出てきて、両者は奏上が終わるまで、上昇気流に乗る猛禽類のように華麗に舞いました。

心眼に浮かぶ龍と鳳凰の状況に合わせて変わる祝詞の調子と、現実のつむじ風の吹き方や陽光の差し具合とは、完全に同調していました。これまでに体験したものとは同調の緊密さが段違いでした。

もしもその場に事情を知らない人がいれば、祝詞によって風と陽光を操っているように見えたに違いありません。

私は思いました。

雨乞いや荒天を鎮めるのに風雨を操った伝承は、この種のものではないかと。風雨を意のままにしたというよりも、意識的とも無意識とも言い難い状態で、風雨と自らの魂とが通い合った結果なのかも知れません。

書籍『天皇の龍』の出版

二〇二〇年二月二十三日（天皇誕生日）

明窓出版の社長さまとお会いし、書籍『天皇の龍』の出版契約を結びました。天皇陛下の龍に関わる本の契約を、天皇誕生日に結ぶなど、なんと光栄なことだろうと思いました。

この時には、あと一か月ほど原稿を推敲して出版する話となっていました。

二〇二〇年三月五日

夢を見ました。

私は著書の出版打ち合わせのため、里山の麓の家にやってきました。とてものどかな場所です。

庭先には、ワンボックスカーが置かれています。持ち主の祖父母から乗り継がれた旧式で、タイヤも頼りなく見えますが、持ち主は、その車がいかに改造を重ねて立派に走り抜いてきたのか、たくさんの思い出を語られるのでした。

次に打ち合わせに来た時には、その車は動かなくなっていて、車庫の屋上で観葉植物を育てる温室として使われていました。車としての用を果たせなくなっていたのです。

打ち合わせからの帰宅途中、ある更地で建屋の土台が作られていました。建屋は出版体制の象徴で、こんな立派な物が準備されているのかと驚きました。

まだ土台も完成していませんが、災害や混乱をものともしない、堅牢な建物が造られようとしていたのです。

目が覚めてから、この夢について考えを巡らせました。

どうしても、出版との関わりがあるとしか思えなかったからです。

もともと車であったワンボックスカーは、温室目的で作られたものではありません。そのため、数回の打ち合わせは何とかこなせたけれども、今は間に合わせ程度の用しか果たせなくなっています。これは、一か月ほど先に出版する場合の象徴だと思いました。

対照的に、出版のための建屋は土台づくりの途上ではあるけれども、最初からそのために設計されているため、目的によく適っています。これは、一年以上先に出版する場合の象徴だと思いました。

その後には、意識の奥深くから「この本は承久の乱の800年後に世に出ることになっている。それは799年後ではない」と伝わってくるのを感じ取りました。明くる年、二〇二一年まではまだ9か月以上あります。

もうすぐ脱稿だなどという考えは、幻想にすぎなかったのだと思い知らされました。

二〇二一年一月一日（元旦）

午前5時前、とある山の頂に着き、宮中で四方拝の行われている時間帯を、一人で静かに過ごしました。夜が明ける前に、この場で原稿を書き上げました。

二〇二一年四月三日

初刷発売日のこの日は、天皇の龍が誕生した二〇一九年四月三日からちょうど2年後でした。

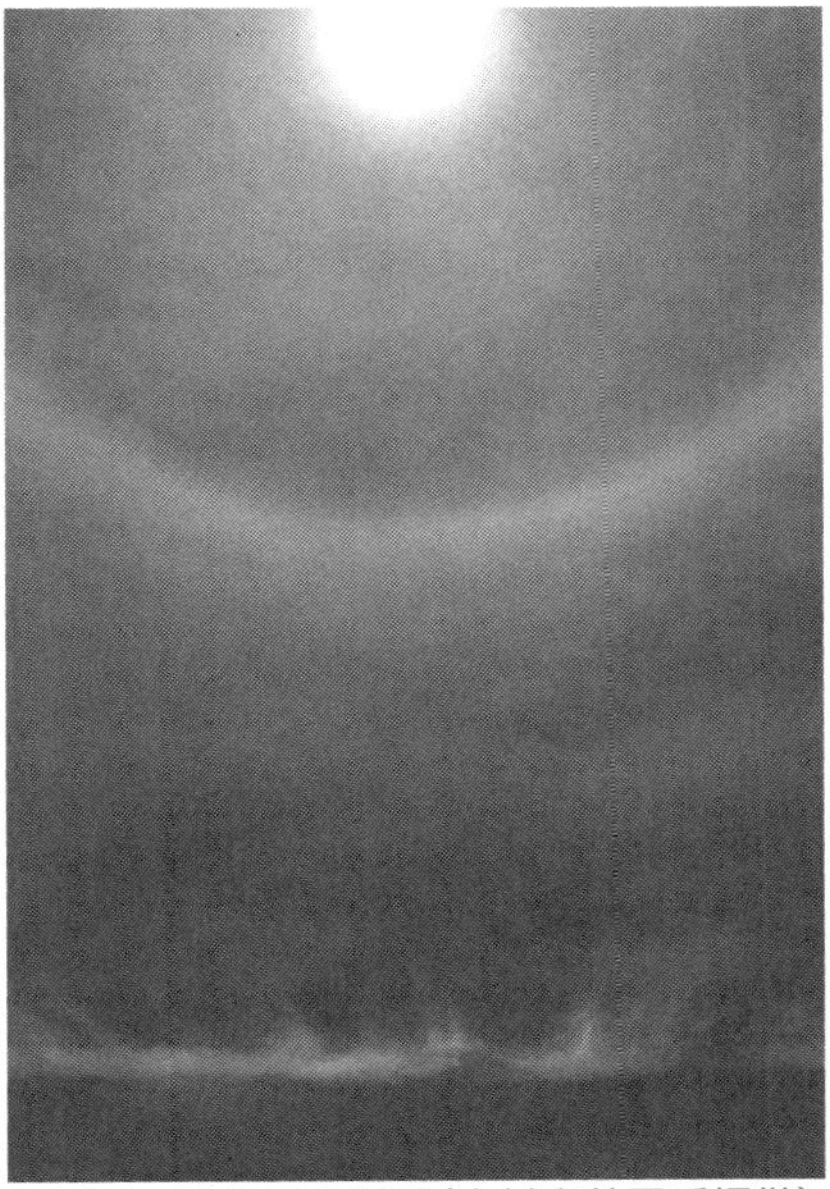

図20　発行日の彩雲（中村恵美子氏提供）

出版社が配慮してくださったのかと思いきや、意図的ではなかったそうです。

二〇二一年四月十五日

初刷発行日であるこの日、知り合いの方から不思議な彩雲が出た（図20）と連絡がありました。日暈の下にまっすぐ虹色の雲が出ています。発行を寿ぐ徴ではないかと知らせてくださいました。

続々と現れる見たことのある人たち

出版前は書くのに没頭していて考えもしませんでしたが、読者の方から時折、直接話を聞きたいとか、会わなければならないと思ったという理由で、連絡をいただくようになりました。

それらの方々の社会的立場は様々であるものの、直感が鋭く、目に見えないものに対する感覚が明敏なことは共通しています。奉仕の傾向が強いことは、治療や助言、教育に携わる方が多いことにもあらわれ、言葉や音、色、形などに対する感性も繊細で豊かです。

このような特質は、優れた才能である一方、内容が世間の常識を超える場合には周囲の理解を得られないことから、よその星から地球に生まれ変わってきた記憶、ムーやレムリア、アトランティスで暮らしていた記憶、宇宙船の目撃・乗船の経験などは、これまで誰にも話せなかったという方が数多くいらっしゃいました。

目から光を放っているかのような方からは、手にした硬貨が意図せずグニャリと曲がってしまったとか、しばらくの間、手の指が急に倍くらいの長さに伸びてしまって驚かれたことがあるとか、なぜだかダライ・ラマやその師に当たる方から何度もお呼びが掛かって、「チベットを救ってください」と頼まれたとも伺いました。社会的には、普通の主婦です。

毎日のように宇宙船を目撃する方とは、その方が初めてはっきりと宇宙船を目撃した場所のすぐ近くの河原でお会いしました。

水道水やご飯など、普通の人が飲み食いできる物を体が受け付けず、一日に数時間、太陽光を浴びることや自然の中で過ごすことを通じて体力を得ているそうです。睡眠は取らないことが普通で、眠る場合も長くて1時間。

小学校時代には、自宅で寝ていたはずが、未明に自宅から20キロメートル以上離れた浜辺で裸足の寝巻き姿でいるところを保護され、足は汚れていなかったものの肘に小さな傷ができており、その日以来、宇宙船が近くに来ると肘がうずくようになったそうです。

プロジェクトブルーブックの科学コンサルタントを辞めたジョーゼフ・アレン・ハイネックからは、「私の任務はUFO目撃報告書の全てを否定することだった。しかし、報告には否定できないものが多数あり、それが私が辞めた理由だ」と聞いたとか、NASAの宇宙飛行士は、「俺たちはアポロに乗り込む前に『アポロからは宇宙船を見る』ことを事前に教えられるんだ」と教わったとか、そういう話を聞きました。

しかし、最も印象的だったのは、「自分がここまでやってこられたのは、妻のおかげだ」という言葉でした。人が驚くような数々の体験を経た結果、最も身近な人への感謝の思いが溢れているわけですから、そこにその方の人柄がよく表れているように感じたのだと思います。

そのほかにも、エネルギー体でピラミッドに行った時に用意されていた宇宙船を認識して以来、その宇宙船で知人を宇宙旅行に案内できるようになった方や、未来の地球から現在の地球へと転生している記憶を持ち、自分がいた未来の地球の姿が書籍『天皇の龍』に書かれてあったことと、そこで見掛けた一人が私だと直感して連絡を下さった方もいました。

初対面にもかかわらず、お互いに見覚えがあると感じていることも少なくありません。他生の縁もあるのでしょうし、宇宙船で見掛けたことのある方も１００人を下りません。

出版は、必要な出会いの時機の到来を告げる合図にもなっていたようです。

本当の場所

二〇二一年一月十五日

夢の中で、足摺岬に娘を迎えに行っています。

しかし、居場所が分かりません。方々を探し回ってやっとのことでたどり着くと、娘は、

「本当の場所はここなんだよ」

と言いました。

夢から覚めると、やがてそこで祈りを捧げる時が来るのだと理解していました。ただ、その

場所が現実の足摺岬のどこに相当するのか分かりませんでした。

二〇二一年六月上旬

夢の中の私の右手には、手のひらに収まるくらいの楕円形の花崗岩が握られています。

以前教わった、

宇宙のコードを開くには、声、石、骨の3つです

という言葉を思い出しながら、「この石なら骨と共鳴しやすいな」と考えていました。

祈りに使うこの石は足摺岬近辺にあり、その場所こそが「本当の場所」なのです。

二〇二一年六月四日

ある大学から、昆虫採集の依頼がありました。

晴れた蒸し暑い日に限って活動する、昼行性の昆虫です。

二〇二一年六月六日

早朝から取り組んでいた仕事が、思いのほか早く片付きました。降り続いていた雨も止んで空が明るくなり始めましたので、迷っていた昆虫採集に出掛けることにしました。

採集地に向かう道中で、足摺岬方面に頭を向けた白い龍雲を目にしたその時、今日の外出は昆虫採集のためだけではないことに気付きました。

難渋を予想していた採集には意外に早く成功し、時間に余裕のできたことから、足摺岬の白山洞門に寄ることにしました。

洞門前の浜辺は、龍穴になっています。

この日の龍穴で吹き上がるエネルギーの強いことは、平衡感覚を失ってしまいそうなほどで、どうやら「本当の場所」はここらしいぞと察しがつきました。

モチノキの導き

二〇二〇年八月十一日

紫雲の方が夢に現れました。その方から、京都に張られた結界について詳しく説明を受けたのですが、残念なことに、夢から覚めると詳細を思い出せなくなっていました。

二〇二一年六月十六日

ある大学から、昆虫採集の依頼がありました。
今度はモチノキ属の枯木で育つ、夜行性の昆虫でした。

二〇二一年六月二十九日
夢の中で、家人と京都に行こうとして巨大な電光掲示板を見ていました。電光掲示板には行き先と目的、日付けまでもが30行ほど示されていました。
この夢を見たことで、八月に滋賀と京都に行くように計画を立てました。

二〇二一年八月九日
依頼を受けた夜行性の昆虫を探すため、大きなモチノキが生えている天忍穂別神社に行きました。
曇天のじっとりと蒸し暑い夜でしたが、以前、「汝、王となれ」という言葉を聞いた岩の前で目をつむると、まるで岩が生きているかのような不思議な霊威を感じました。

二〇二一年八月十日

この日の朝、起きると、滋賀県の竜王山の天狗岩と琵琶湖の竹生島は、陰陽の関係にあることを理解していました。陽の天狗岩からは、陰の琵琶湖が望めるはずだという確信がありました。

図21　龍を思わせる枯れたアカマツ

竜王山は、花崗岩が立ち並ぶ山で、竹生島は島自体が大きさ約200メートルの花崗岩の一枚岩です。前回、竜王山を訪れた時に行けなかった天狗岩には、ぜひとも行ってみたいと思っていました。

二〇二一年八月十一日

竜王山と竹生島に加え、京都を護る結界をなすといわれる四つの神社を回るように計画して出発です。奇しくも、京都の結界の夢を見たちょうど1年後でした。

まずは、南の朱雀に該当する城南宮を参拝し、次に滋賀の竜王山に向かいました。予想していたとおり、天狗岩からは琵琶湖を望むことができました。

岩の先端に移動すると、すぐに枯れたアカマツが龍の

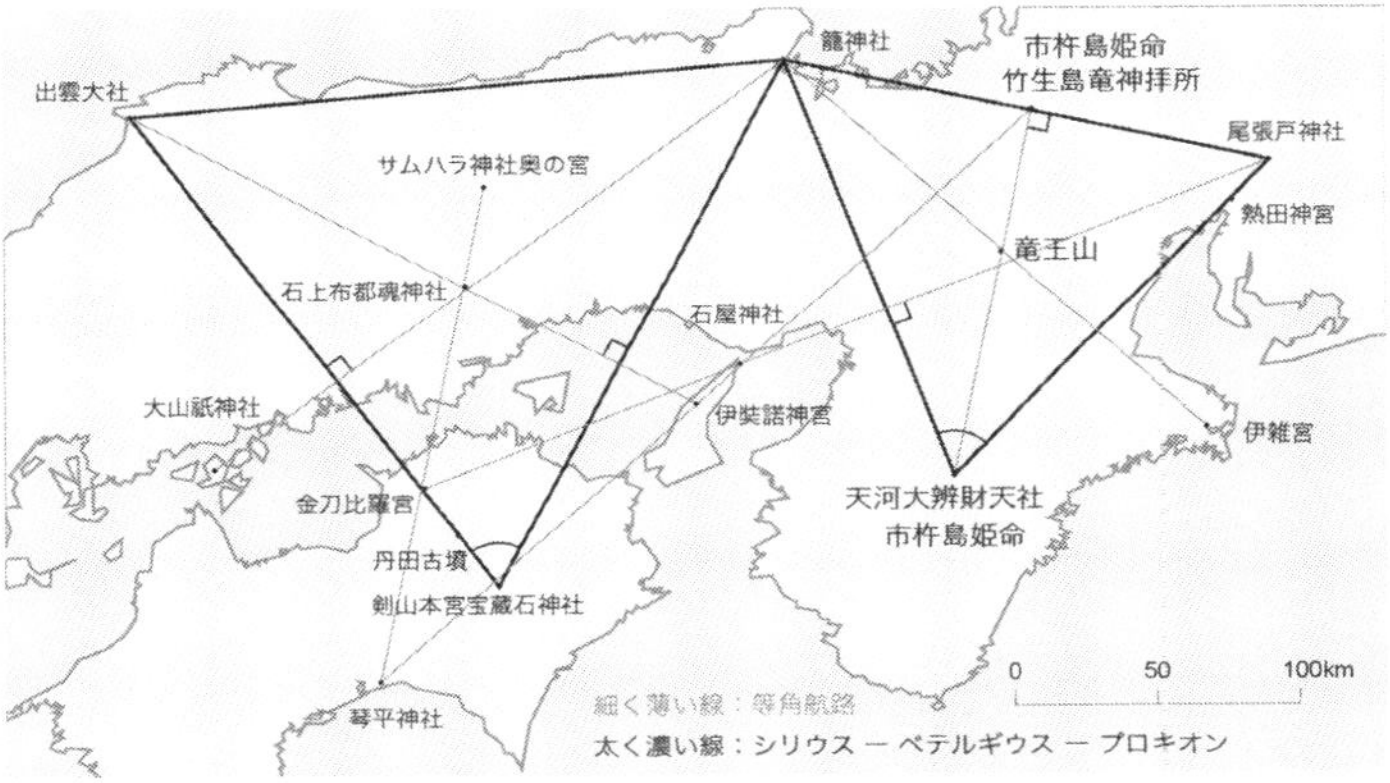

図22　竜王山を含む聖地17か所

形になっている（図21）のが目に入り、そのことになぜだかすごく納得しました。実物からは生々しく感じられる龍の気配を写真に収められていないのは、残念です。

岩の上では、真後ろから背骨に大峯本宮天河大辨財天社、正面に竹生島を感じ取ると、その瞬間に体中を電流が走りました。どちらも市杵島姫命が祀られています。また、実際に大峯本宮天河大辨財天社―竜王山―竹生島は、一直線に並んでいる（図22）のです。

西日本には、冬の大三角と同じ形で並ぶ聖地があり、その中心は、石上布都魂《いそのかみふつみたま》神社と竜王山です（図22）。

令和の即位礼正殿の儀と同じ時刻に石上布都魂神社の聖域に立った方がいらっしゃいますが、この日、私が竜王山の天狗岩に立ったことは、それと対になっているように思いました。

二〇二一年八月十二日

フェリーで琵琶湖の竹生島に上陸し、宝厳寺を過ぎた所にあった御神木は、樹齢400年の立派なモチノキでした。モチノキとしては稀な古木です。

3日前の闇夜に天忍穂別神社を訪れたのも、モチノキの導きだと思いました。

竜神拝所では湖に向かって立ち、口の中で祝詞を奏上し始めると、すぐに強い神気を感じました。

すると、

困難に耐えて　よくやった

と伝わってきました。

次々と涙が溢れて止まりません。湧玉誕生、天皇の龍の誕生、湧玉の鳳凰の誕生、そしてそれらの締め括りに対していただいた言葉だと思いました。

この神霊はどういう存在なのでしょうか。全身の細胞という細胞が反応します。

自分が困難に遭ったとも、それに耐えたとも思ったことはありませんが、それでもやはり、「こんなありがたいことがあるのなら、どんな困難にでも耐えられる」と思いました。

竹生島から船が出航するときには飛行音がし、また、竜神拝所のごく狭い範囲に10羽を超える猛禽類が集まっていました。
微だと思いました。

午後は、京都を護る結界をなすといわれる四つの神社のうち、北の玄武に該当する賀茂別雷神社を訪れ、心願成就の御礼で祈祷を依頼しました。

神官の方に神前にかざしてもらえるだけでもありがたいと思って、書籍『天皇の龍』を手に、この本に書いたことが御祭神のお力添えによって成就した御礼であることを説明すると、神前に置いてくださったうえに、神社への宝蔵の申し出までいただきました。望外の光栄に大変感激し、また、恐縮しました。

二〇二一年八月十四日

午前中訪れた西の白虎に該当する松尾大社では、大雨のために庭園の参観等も中止されていました。

昼過ぎには東の青龍に該当する八坂神社を訪れ、拝殿や素戔嗚尊《すさのおのみこと》の荒魂《あらみたま》を祀る悪王子神社などを参拝しました。拝殿の前では、特に何も感じるものがなかったのを意外に思いました。その後、夕方までに猛烈な雨が降り、八坂神社のある東山区には避難勧告が出されています。すっかり暗くなった夕食後には、雨も上がったことから再度参拝したところ、雨後の拝殿前は私と同行者のほかには誰もおらず、昼間とは打って変わって、厳かな気配に満ちていました。

瞑目すると、地下の空洞の泉で緑の龍がとぐろを巻いて首をもたげている様子が脳裏に浮かび、途中からは意識のうねりに合わせて実際に風が吹き上がりました。

これで、予定していた参拝は全て終えました。宿泊先に戻る途中、明日は帰宅前に京都御所の白雲神社にお参りしなくてはならないという思いが湧いていました。

二〇二一年八月十五日（上弦・戦没者を追悼し平和を祈念する日）

土御門町にあるホテルからは、歩いて白雲神社へと向かいました。無意識に選んだその道は、かつて土御門大路と呼ばれていたことを後から知りました。土御門天皇の呼称の由来である大路です。

白雲神社の磐座を参拝すると、焔のようなエネルギーが何度も強く掛かってきました。

拝殿正面には、モチノキが植えられていました。

帰宅後、家人は天空に縦に架かる虹を見て、一連のことを証する徴だと思ったそうです。

モチノキ属に依存する昆虫の採集依頼があったことで、モチノキが生える天忍穂別神社を参拝し、竜王山の天狗岩に立っては、そこが竹生島と陰陽の関係にあることを体感しました。「困難に耐えて、よくやった」と聞いた竹生島には、400年もの命脈を保つモチノキが威容を誇り、いくつか神社を回った最後に訪れた京都御所の白雲神社にも、やはりモチノキが生えていました。

モチノキの導きを感じた1週間でした。

大峯神社

大峯神社の存在を知ったのは二〇二〇年で、それ以来、度々訪れています。地図にも載っていない、照葉樹林の中にひっそりと小さな祠《ほこら》が据えられただけの場所です。

二〇二一年五月二十六日（満月　スーパームーンの皆既月食）

帰宅途中、強く神気が掛かってきました。

その時、2日後に予定していた大峯神社への参拝は、霊的な意味が大きそうだと思いました。

二〇二一年五月二十八日
仕事を終えてから、轟神社と大峯神社に県内外の9名を案内しました。

大峯神社ではおよそ40分にわたって、法螺貝《ほらがい》、ライアーとクリスタルボウルが伸びやかに即興演奏されました。

その後で祝詞を奏上したところ、まるで目の前の時空が縦に裂けてしまったかのように、祠に声が吸い込まれていく感覚がありました。このような独特の感覚は、初めて体験しました。

祝詞が始まると、空海の錫杖《しゃくじょう》が降りてきたと話す方や、地球とダイヤモンドの星とのエネルギーの繋がりが強くなったと感じた方もいました。

ダイヤモンドの和名は、金剛石です。南無大師遍照金剛という念仏があるように、空海もダイヤモンドの星との縁が深いのだと思います。遍路道からすぐの場所ですから、空海が訪れていた可能性は極めて高そうです。

二〇二一年八月二十六日
案内を頼まれて数名で訪れたのは、大峯神社。
この少し前から、十月二十一日にここを皆で参拝するという話が持ち上がっており、その下見だったと記憶しています。

いつものことながら訪れる人はほかになく、木漏れ日の下を時折クロアゲハが行き来するのを見やりながら、思い思いに寛《くつろ》いでいました。

数十分も経ったでしょうか、ふと何かの気配を感じて参道に目を向けると、直径は3メートル近く、長さは数十メートルに及ぼうかという金色の光が、蛇のようにゆったりとうねりながらやってきたのが判りました。

同行の一人は、変性意識に入った状態でそれを迎え入れるかのように向き合っていましたが、ほかにそのエネルギーに気付いた方はありませんでした。

私の意識には、祝詞のある一節が浮かんできました。

その夜、私の部屋に金色と虹色の混ざったエネルギーが現れました。

また、金色の光と向き合っていた方からは、大意、次のような電子メールが届きました。

「早々に床に就いたところ、頭もくらくらする中で龍が現れました。

あまりに何度も現れるので話をしてみると、龍は言いました。

我は佐渡よりやってきた天皇の龍なり」

順徳の龍参上。

大峯神社は、承久の乱の後、土御門上皇がスメラミコトのカルマを封印した7か所の一つです。そこに上皇の弟で、乱の後に金鉱脈のある佐渡国へ流された第84代天皇の金龍がやってきたのです。

金色の光が順徳天皇の金龍だったとは何たること、これはまたスリリングな展開になってきたぞと思いました。

二〇二一年八月二十七日

この日も、私の部屋に金色と虹色の混ざったエネルギーが現れました。

二〇二一年八月二十八日

約3時間、大峯神社を掃きました。落枝や枯れ葉が大量にあり、ちょっと荒れた感じになっていたのが気になったのは確かですが、それよりも、この場所で過ごしたいという感覚が強かったのです。何だか強く惹きつけられます。

山自体を御神体とする古くからの修験の場だったそうですが、山だけでなく一帯の空間そのものが御神体なのだと感じられました。

二〇二一年八月二十九日

大峯神社を約2時間掃いて祠に手を合わせると、戴冠した女神トナンツィンが現れました。アステカなど中南米で祀られている地母神です。

太陽と月が象られていた冠の盾形は、うねりながら緑白色に変化しました。糸魚川翡翠《いといがわひすい》だと思いました。実はこの日、神社を訪れる前に糸魚川翡翠を入手していたのです。

トナンツィンは、

地球です　地球なのです

と言い残し、霧のように見えなくなってしまいました。

翡翠は翡翠文化発祥といわれる日本だけでなく、中南米でも王の象徴として扱われてきたそうですので、トナンツィンが翡翠と共に現れたのも当然のように思われました。私が幼少時によく遊んでいた場所も産地ですし、糸魚川翡翠は約5億年前、確認されている中では地球で最も古い年代に生成したとされています。

順徳天皇の龍が現れたことで、日本の鎌倉時代に向いていた気持ちも、トナンツィンの出現を通して地球全体に向くようになりました。

二〇二一年八月三十一日

大峯神社を4時間掃いて祠に手を合わせると、この日もトナンツィンが現れました。トナンツィンはやはり、翡翠のエネルギーを漂わせていました。

順徳天皇の金龍を迎え入れた方は、八月八日に映像作品に出演しており、その作品を陶彩画家の草場一壽様に見てもらいたいという希望をお持ちでした。面識のあった私が草場様に連絡を差し上げたところ、現在製作している『金龍の王妃』(最終的な作品名は『遥かなる女神の記憶　龍王妃』)という作品とイメージが重なる映像で、大変驚いたと返信がありました。

それを自室で読んだ私も思わず、

「何だって⁉　『金龍の王妃』だなんて、ぴったりそのものじゃないか！」

と叫んでしまいました。

二〇二一年九月二日

前日もこの日も、順徳天皇の「よろしく頼む」という意識を感じました。

二〇二一年九月四日
大峯神社を、２時間掃きました。祠に手を合わせると、この日は地中から錆びた鉄色の龍がうねり上がってきました。

二〇二一年九月六日
夢を見ました。

ヤフーの拠り所はハイゲロスだ

ヤフーと呼ばれるプレアデス星系の星とその民は、ハイゲロスという星を信奉していました。天の川銀河の進化を司る星で、その気配はオリオンの奥に感じられました。

私は夢の中で、

「ハイゲロスという音の響きは太陽クレラオスのように高貴だろうか。果たしてこの夢は真実を伝える夢だろうか」

と考えながら、身長１５０センチメートルくらいの宇宙人から説明を受けていました。宇宙人の中には、我々の太陽をクレラオスと呼ぶ者たちがいます。

目が覚めると、せっかく受けた詳しい解説も、あまり記憶に残っていませんでした。ハイゲロスという音ははっきりと聞き取れず、カイケルスなのかカイデュロスなのか、そのあたりの音と区別が付きません。私は難聴で子音がほとんど聞き取れませんが、肉体の特徴は夢の世界にも持ち込まれるものなのでしょうか。

ともかく、プレアデスの一部族が、ある星を信奉する姿勢に問題があり、それが原因で周辺の星々をも大変な混乱に陥れることになったと。それら一切合切は彼らの地球への転生を通じてこの星に持ち込まれており、それが十月二十一日の祭祀に関係しているというのです。

順徳の龍に始まって、地母神トナンツィンが出てきたかと思えば、プレアデスのカルマまで登場しました。土御門上皇の七つの封印には、北斗七星だけでなく、ハイゲロスやプレアデスも関わっていたのです。もちろんそれらは、規模に相応のエネルギーを伴っていますので、日々の生活の一つ一つに平常心を保って向き合うのには、細心の注意が必要でした。

一歩踏み外すと二度と戻れなくなる難しい場、抜き差しならぬ場であることが判るのです。

この頃、ある方が遠くを見るような目で、まるで独白のように話してくれました。

「私たちは同じ状況をやり直している」と。

十月二十一日の祭祀へ向けてこの状況を迎えるのは二度目で、一度目はうまくいかなかった。それがどこかの時点で時間が巻き戻されて、再び同じ状況を迎えているというのです。時空に対するこのような認識には触れたことがありませんでしたが、その方が遠くを見るような目付きで静かに語られる言葉には、何とも名状し難い奥行きの深さが感じられるのでした。

二〇二一年九月十二日

夢を見ました。

ある方が、天皇家に生じた不都合の身代わりになるべく、奔走しています。人に危機が訪れた後で、お守りが消えてしまったという話を時折聞きますが、そのような働きです。普段は人を煙に巻いて笑いをとるようなその方は、皇室の護符として働こうと力を尽くしていました。

二〇二一年九月十七日

数日前から、夢の中で繰り返し、繰り返し、同じ内容を伝えられました。

あちらこちらで、何人もの人が一歩踏み出すのも容易ではない場を迎えています。いたたまれず手助けに行きたくなりますが、しかし、その場を司っている存在はよしとしません。

事は順調に展開している
それはそなたについてというよりも
そなたの周囲においてのことである
その中で要石のように安定して在り続けること
それが変化を遂げる者たちを落ち着かせ
場を保つ

何か変化があれば、それに対応して動きたくなります。

しかし、今は全体を照覧したうえで安定していよ、それなくしては場を保つことができないと言うのです。

「変化を遂げる者たち」とは、祭祀に参加される方々を指しています。

霊的意義の大きい出来事への参加の前には、意識の変容を促す何かが、それも意義が大きいほど、早くから起こるものです。祭祀までまだひと月以上あるこの時期に起こることが、今回の霊的意義の大きさを物語っていました。

二〇二一年九月十九日
大峯神社を、2時間掃きました。だいぶん場が整ってきたようで、掃くのも楽になってきました。掃除といっても、ただ小枝や落ち葉を除くだけではありません。それによって空間自体を整えるのです。

二〇二一年九月二十二日
この日は授業の中で、

「感動して体を電気が走るのは、人間が電磁的存在だからだ。

宇宙自体が電磁的だから、宇宙の本質に共鳴してそうなる。

感情的に腹を立てても体を電気が走らないのは、宇宙の本質とは外れるからだ」

と話しました。話しながら、自分がこんなことを考えているとは知らなかったなと思いました。

二〇二一年九月二十三日
大峯神社へ行きました。
祠の周囲を掃いていると、剣で断ち切る弊害についての思いが浮かんできました。

本来、剣は研ぎ澄まされて輝くだけでよかった。

その輝きにハッとするのが剣の気に通じることであり、剣の気に通じれば、自ずと我に返るもの。

断ち切っては根が残る。


断ち切る場合とは異なる剣の気の効能について、理解が深まりました。


十月二十一日の祭祀に集まってくれる方が増えたのも、この頃です。

ほとんどが宇宙船内で見覚えのある方で、知人が「この人とは宇宙船で顔を合わせているに違いない」と紹介してくれたことも、あるいは、ご本人が「どうしても近いうちに会わなくてはいけないと思った」と連絡をくれたこともあったのです。

どんどん面白いことになっているぞと思うのと同時に、難事を察して助けに来てくれたのだと大変心強く思いました。これは、偽らざる本音です。

二〇二一年九月二十五日

大峯神社を掃き、山の麓も歩き回って周辺の神社に参拝しました。

二〇二一年九月二十八日

夢の中で、大峯神社の境内を見つめていました。

トナンツィンと一体化した鳳凰や、順徳の金龍がいます。そのほかにも、恐竜のトリケラトプスとトカゲのコモドドラゴンの中間のようなものや、翼の生えたものなど、様々な霊獣が所狭しとひしめき合っています。

霊獣たちは、まるで金色のかすみのようです。ほとんど純粋なエネルギーであるために、その姿はシンボルを思わせる単純さでしか認識できないのです。

「魂の世界では、こんなことが起こっているのか」

高貴と混沌とが渾然一体となったエネルギーを前に、そんなことを思いました。

古代の壁画の中には、このような世界を描いたものがたくさんあるのではないかと思います。表現が稚拙なのではなく、エネルギーが純粋で根源的なのです。

二〇二一年十月二日

誘いを受けて徳島県の丹田古墳、土御門上皇行宮跡、天石門別八倉比賣《あまのいわとわけやくらひめ》神社奥の院に行きました。

丹田古墳に近づくと、同行の一人のスマートフォンの電源が突然切れて操作を受け付けなくなったかと思うと、ＡＩが「私に何ができるか知りたければ、私に聞きなさい」と哲学的な言葉を表示し始めるなど、動作が異常になりました。

丹田古墳では、何人かの方は普通に立っているのが困難なほどのエネルギーを受け取っていました。

二〇二一年十月三日

大峯神社を掃きました。

二〇二一年十月七日

日中、少しの間、眠りに引き込まれてしまいました。

おぼろげな姿で私の前に浮かんだ宇宙人は、体の周りに霞のように自らの意識を漂わせています。その霞のような意識に包まれたかと思うと、ある概念が流れ込んできました。

ビファーナ

極めて高度で繊細な方法で伝達されたそれは、惑星の進化にあたって通過すべき霊的な門を指しています。音をうまく捉えきれないので発音が少し違っている可能性もありますが、土御門上皇の役割の一つが地球にビファーナの門を通過させることであったために、土（地球）御門（ビファーナ）という名前になったのだといいます。今回の地球では、一九九七年七月二十七日にそれを通過しました（19ページ）。

二〇二一年十月十日

とある山の頂に向かうと、トナンツィンが現れました。

トナンツィンの冠の盾形は、緑白色の翡翠色が渦をなしています。

右目の瞳は地球になって、鉄のエネルギーを帯びています。

左目の瞳ははっきりとは見えませんでしたが、ハイゲロスだと思いました。それがダイヤモンドのエネルギーを帯びています。

二〇二一年十月十一日

朝、出勤しようとすると、庭で私の車だけがべったりと雨に濡れていました。

1メートルほどしか離れていない隣の車は乾いているにもかかわらず、私の車の周囲20センチメートルほどまでは、かなり大粒の雨が降った跡があったのです。
あまりにも奇妙な降り方なので周囲を確認してみると、家の前の道路数十メートルほどの間でも、２か所が飛び地状にべったりと濡れていました。雨が特殊な降り方をしたことは分かりましたが、さすがに何か霊的な意味合いがあるのではないかと考えてしまいました。

二〇二一年十月十二日
ある方が自分の周囲に殻を形成し、真っ黒に塗り込めた殻の内側に向かって独り言をぶつぶつと呟いているのを感知しました。
殻は自我の象徴です。
自我の殻に入ってしまうと、外にどれだけ素晴らしい世界が広がっていても、認識できなくなってしまいます。

二〇二一年十月十六日
この日は、ニギハヤヒのエネルギーを浴びました。
たいていの場合は、たとえ何か神聖なエネルギーを受けたとしても、神聖だったというくらいしか分かりませんが、時には何のエネルギーなのかが理解できることもあります。この日がそうでした。

本書の中では、地球人としての存在を饒速日命、神霊や宇宙人としての存在をニギハヤヒと表現しています。

現在の私は、ニギハヤヒのことを「銀河の太陽の守り手」で、アンドロメダやダイヤモンドの星、セントラルサン、ベテルギウス、シリウス、金星を経て地球の領域にやってきた意識体で、宇宙船の母船の長なのだと認識しています。

二〇二一年十月十七日

大峯神社に行きました。

祈りに合わせて小鳥がさえずり、風が地面近くからまっすぐ上に吹き上がります。

木々に囲まれた平らな場所では、普通このようなことは起こりません。

現れた金龍と青龍に同行の2人の助けも加わって、最後にはつるはしが落ちてくるかのようにして北方からやってきた光の柱が地面に垂直に立ちました。

半年前に、ある方から預言のように聞いていた、そのとおりになりました。

こうしたことは、起きる前に何をどうすれば良いのか詳細が分かっているわけではありません。

しかし、その場に行って、時の訪れとともに自ずと取ってしまう行動によって成立します。自分がやったようでもあれば、自動的にそうなったようでもあります。どのようにして成立したかは分からないけれども、成立したことは直接的な理解によって、はっきり判るのです。機械の動作にたとえれば、その場に行くとスイッチがどこにあってどうすれば入るのかが判るのですが、スイッチは自分が入れたようでも、自ずと入ったようでもあって、その結果、機械の内部で何が起こっているのかは分からないけれども、作動したことは判るという、そういう状態です。

物事は様々の伏線をはらみながら、止まることなく進行しています。

二〇二一年十月十九日

家人と自宅前に月を眺めに出ると、結構な数の宇宙船が飛んでいました。

突然現れる、二つに分裂する、急に止まって星のようになる、消えるなど、20機以上が飛んだでしょう。

二〇二一年十月二十日（満月）
目覚めると、ニギハヤヒの母船が自宅上空に不可視の状態で滞空していることが判りました。

二〇二一年十月二十一日
この日の大峯神社（図23）には、人が人を呼んで結局40名余りの方が集まりました。書籍『天皇の龍』の出版がなければ、このように人が集まることにはならなかったでしょう。

図23　大峯神社の祠と根曲りヒノキが伸びる斎庭

祭祀は厳粛な祝詞と榊を用いた祓えから始まりました。次いで皆で斎庭《ゆにわ》の中心を円く囲み、東西南北四方に拍手を打つと、円の中心からハミングで誘導されました。意識と共にうねる声を全員で重ね合わせて場が形成された結果、初めて顔を合わせる者どうしがほとんどであるにもかかわらず、終わりはピタリと揃いました。
10名によってピンクの法螺貝が吹かれると、斎庭の中心には迫力ある力強い音の柱が立ちました。皆、驚きをもってそのなりゆきを見守りました。

4名のライアーとブラスは繊細な調べを一帯に浸透させました。おそらくは振動が小さくなって、周囲の空間へと、かそやかに溶け込んでいくときに、その真骨頂があるのだと思います。

舞の動きはたおやかで優しく、何かを迎え入れようとしている様子でした。迎える対象には、金鉱脈を有する佐渡の順徳天皇の金龍も含まれていたことでしょう。

何人もの方々が変性意識に没入したこの祭祀も、最後は祝詞で締めくくられ、玉串《たまぐし》を奉納して終わりました。


音は、光よりもさらに根源的です。

4日前に光の柱が立った場に、音の柱を立てる場を形成し、立てたところで全体に溶け込ませます。そこに、銀河の進化を司るダイヤモンドの星のエネルギーを迎え入れ、最後に大峯神社の働きをたたえて終わりました。

私はこの祭祀について、形なきものを中心とし、表も裏もない虚空を御神体とみなして執り行うものであると捉えていましたが、実際そのとおりになりました。

ある人は大峯神社のことを「難しい場」と表現しました。理解が難しいことに加え、相対《あいたい》するのが困難だという意味です。

私自身は、「あそこには王のカルマの仕掛けがしてあったのだ」と知らされていました。

ここでいう王は社会的立場とは無関係で、誠実で思いやりがあるとか、周囲の者皆の幸せを希《ねが》う存在、たとえ自分と合わない者に対してもとか、そういうことだと思います。

それから、土御門上皇が大峯神社に秘策を封印し終えた後で『詠五十首和歌』の中に詠んだ歌に、

窓ちかき　むかひの山に　霧晴れて　あらはれわたる　ひばらまきはら

というのがあります。

秘策が成就するまでの世を、見通しの利かない「霧」に、成就の後に訪れる聖なる世を、「檜原槇原《ひばらまきはら》」にたとえて詠んだのです。

確かに上皇の行在所の向かいの山にある大峯神社は、斎庭の中心に向けて1本の根曲り檜が生える檜原、上皇が最初に封印を施した槇牧山平等院長谷寺の通称は「まき寺」で、槇が生える槇原となっています。

祭祀を終えた午後4時過ぎからは、神奈川県や石川県、愛知県など全国各地で鉛直に虹が架

かりました。また、千葉では「空に何かグレートなものがいる」と感じた方もあったそうです。千葉の方とは後日お会いする機会がありましたが、撮影した空の画像を示しながら説明する際には、涙を流し、手も震わせていらっしゃいました。よほどのエネルギーを感じとっておられたのだと思います。

この日は、それ以外にも、多くの虹や宇宙船を思わせるレンズ雲が観測されたと聞いています。

祭祀に集まった人数は私が数えると43名でしたが、これは天皇の龍の誕生の直前、二〇一九年三月三十日に統合された淡路島のレイラインを構成する西南日本の聖地の数と同じです（115ページ）。この祭祀自体が、スメラミコトのカルマを果たし終えたことで初めて成り立つ性質のものだったと思います。

二〇二一年十月二十二日

早朝、保江先生から電話がありました。目が覚めて松果体がチリチリするのを、私と関係があると思って連絡してくださったそうです。昨夕、祭祀の後で垂直の虹が立ったことを話すと驚いていらっしゃいました。なんと、保江先生もちょうど同じ時間に京都駅近くで垂直に立ち上る虹を目撃し、これは珍しいと撮影されたというのです。

仕事を終えた夕刻、私はガソリンスタンドでガソリンを入れながら、あまりに美しい夕日に見とれてしまい、ガソリンを少し溢れさせてしまいました。けれど、そんな自分を嫌には思いませんでした。

ホテルに戻る前に大峯神社に参拝すると、そこは神聖な気に満ちていました。

夕食時、お送りいただいた保江先生の写真を紹介すると、同宿の皆さんに大変喜ばれました。

二〇二一年十月二十三日

この日は、唐人駄場へ向かいました。

着いてから少し経つと、ライアー奏者の一人の霊的エネルギーがにわかに励起し始めたのが判りました。唐人駄場園地の花崗岩は、今はほとんど太古の姿をとどめていないとはいえ、見事な列石を形成していた一部です。側《はた》から見るその方は、花崗岩やその場の空間に忽然と姿を現した意識と溶け合いながら、まるで導かれるかのように完璧な所作を見せていました。

変性意識に入り込んだ奏者によってライアーが奏でられると、レムリアでしょうか、はるかな昔の至福の時代の感覚にすっぽりと包まれました。ライアーの響きは体の細胞の一つ一つを振るわせ、解き放たれた心は、ただただゆったりと平安と安寧の中をたゆたったのです。過去の一時代に実現されていたようでありながら、同時に未来の地球のようでもありました。完全な至福というのはこういうことをいうのだろうと思いました。

終わってから後ろを振り返ると、皆が芝生の上に、思い思いに腰を下ろしている姿が目に入りました。それは、神々しい美しさを湛えていたのです。

帰りの車中では、かつてムーが終わりを迎えることになった要因の一つと、それが今日贖《あがな》われたことを、また、祭祀はこれで終わりではなく、後半の半分が残っていることを自覚しました。

今回の祭祀に関わるエネルギーは、一つ一つが巨大なうえにあまりにも多岐にわたって複雑で、対峙することにも全貌を捉えることにも難しさを感じました。

それでも、全体を俯瞰して動じないことを学び、また、妬みや嫉《そね》み、逆恨みといった否定的なエネルギーに対するのに最も強力なのが、揺るぎない穏やかな幸福感であることを体感したのでした。

ニギハヤヒの母船とダイヤモンド

二〇二一年十月二十八日

夢うつつの状態から、変性意識に入り込みました。

母船内部の部屋にいるニギハヤヒの視点から、ものを見ています。部屋は、母船の道義的責任者である彼に割り当てられた、１００メートル四方ほどの居住区の中央部にあります。

部屋の前のテラスは、青く澄んだ水を湛えたプールなのか泉なのか、そういうものに面しています。底は、砂岩のような白い何かでできていました。母船内に作り出された光がふんだんに差し込み、全体が白く明るく開放的です。

ニギハヤヒが座っている床から10センチメートルほどの高さには、幅２メートル余り、奥行き１メートル余りの平らな台があります。この台の前で、瞑想するのです。台には薄い布が膨らみを持たせて幾重にも掛けられ、その上に30個ほどの石が載せられています。大きさはどれも20センチメートル程度で、ほとんどは無色透明の原石です。水晶だと思いました。左奥と右手前には、稲妻のような金色の線が走るラピスラズリらしき石も置かれていました。

静かに台を眺めていると、にわかに、台の左寄りやや手前にかすみのようなエネルギーが渦巻き始め、しばらくすると、表面にフレーク状の細かい面が刻まれた大きさ20センチメートル、数万カラットはあろうかというダイヤモンドが出現しました。

ダイヤモンドの星からもたらされたのです。

これによって、ニギハヤヒの母船は、スメラミコトの御魂のエネルギーの源泉であるダイヤモンドの星のエネルギーとの繋がりが、はるかに強くなりました。

十月二十一日、二十三日の祭祀完遂によって、そうなったのです。

地球にやってくる宇宙船と地球側との関係は決して一方通行ではなく、互いに作用しあっています。

普段の意識状態に戻ると、饒速日命の妻である登美夜須毘売のハイヤーセルフは地母神トナンツィンなのだと理解していました。

プレアデスのカルマとハイゲロス

二〇二一年十一月三日

朝目覚めると、プレアデスのヤフーの民がハイゲロスを信奉したやり方についての理解が一気に深まっていました。

生卵から卵焼きを作るときには、卵の殻は叩き割られます。生卵という安定状態から卵焼きという安定状態に移るためには撹乱が必要で、その過程では、完璧な曲線で象られた卵の殻は無惨に砕け、見事に真ん丸な黄身も掻き壊されて元の形を留めません。そして何度もかき混ぜられたそれらは、あろうことか火にかけられるのです。

新たな安定に移るための変化の過程を信頼できなければ、生卵や黄身の美しさの喪失は、簡単に変化への不信や拒絶に繋がります。

さて、人という生命体のシステムは、意識の進化・成長のために撹乱の場を必要としています。ところが、彼らヤフーの民は、平和と静けさを愛するあまり、現状を撹乱する要素や闇、また、創造を生み出す混沌を悪だとして忌み嫌い、避けてきました。

そうすることこそが自身の意識、ひいては、自分たちの共同体をより良く保つ道だと考えたのです。

しかし、自らの内に潜む要素への不適切な取り扱いは、彼らの意識の進化を停滞させただけでなく、闇への恐れに転じて自らの内面を引き裂き、内部崩壊させてしまいました。

精神の均衡を保てなくなってしまった彼らは、自らの内面に求めるべき拠り所を、ハイゲロスに求めました。

ところが、均衡を保てなくなった精神から生まれる一切は、やはり均衡を欠いていました。熱烈に信奉していたかと思えば、見捨てられるのではないか、あるいは信頼に足るものではないのではないかと疑心暗鬼に陥る始末です。ハイゲロスに見捨てられることは自らの存在意義の喪失を意味するのであり、取り繕い難い不安から、崇拝と疑心暗鬼の乱高下を繰り返したのです。

神聖な存在へのこのような病的な依存と執着とは、外交のあった周囲の星々に対しても同様に持ち込まれ、他の星々を収拾のつかない混乱に巻き込んで疲弊させたのでした。

この精神状態は、現代では「境界性パーソナリティー障害」として知られています。「境界性パーソナリティー障害」だと診断される方の数は限られていますが、その要素と全くの無縁だという人はいないでしょう。

これが、ヤフーの民の引き起こした問題の一切合切が地球に持ち越されているということの意味です。地球人として奥底で繋がっている我々は、一人一人がこの問題を分担して受け持っています。

この問題は結局、自らの内なる神との向き合い方という一点に帰結されますが、それがどういう意味であるのかを、一人一人が実生活の場で学んでいくのです。

二〇二一年十一月五日

朝のシャワー中に、はたと気が付きました。

「ああ、ハイゲロスはダイアモンドの星のことだったのか」

四角と円との間に接点が見出せなかったのが、どちらも同じ円柱だったと気付いたようなものです。

オリオンにある時空の裂け目のその向こうに存在するハイゲロスこそが、北極星の方向にあるダイアモンドの星だったのです。

スメラミコトの御魂のエネルギーの本源にして銀河の進化を司る不動点ハイゲロスは、極まりから極まりまでのあらゆる全てを照覧し、それら全てを超越しています。

これによって、オリオンの奥にハイゲロスの気配を感じていた理由も、ハイゲロスにダイヤモンドのエネルギーを感じていた理由も理解できました。

饒速日命とニギハヤヒ

大峯神社は土佐国に来た饒速日命が祭祀場としていた場所であり、ハイゲロス、すなわちスメラミコトの御魂のエネルギーと深く関わる場所ですから、そこでの祭祀にそれらと関係の深い土御門天皇、順徳天皇の龍、プレアデスのカルマ、ニギハヤヒの母船等が関わったのです。

この頃、眞子内親王のご成婚について、ずいぶんと世の人々の心が騒いでいたことは記憶に新しい話です。問題が持ち上がるまでは敬意を表していたのが、期待していたものと違うとなった途端に疑心暗鬼に陥って、様々の意見が飛び交いました。

その様子は、プレアデスの民のハイゲロスに対する崇拝と疑心暗鬼の意識状態そのもので、まさに現在の地球に持ち込まれているプレアデスのカルマが、ここ日本で表面化した時期でした。

不信や拒絶は、全ての物事の背後に存在する神聖な意図を信頼しきれないところに生まれます。

二〇二二年三月二十一日はこれまでの集大成である

二〇二一年十一月十四日

自宅のパソコンで馴染みの石屋さんのホームページを開いた途端、部屋全体が宇宙空間になったかと思うほど強い神気がみなぎりました。こんなことは初めての経験で、ずいぶん驚かされました。

直感的に、このオーラライトこそが次の後半の祭祀に必要な石なのだと判り、すぐに注文しました。

二〇二一年十一月十五日

石屋さんに石を受け取りに行くと、店の方は私が入ってくるとオーラライトの波動が変化したと言って喜んでくださいました。

12億年前の地層から出てくるオーラライトという紫水晶に23種以上の物質が溶け込んでいるのは、隕石が落ちた際の高熱で鉱物が混合したのだと考えられているそうですが、マスターギャラクシーオーラライトと名付けられたこの石はオーラライトの中でも特殊で、世界中でわずか60キログラムしか掘り出されていないという話でした。

別の棚には、ヒマラヤ山脈のメルー山から産出した表面に、フレーク状の細かい面が刻まれた水晶が並べられていました。

ニギハヤヒの母船の部屋に現れたダイヤモンドと同じ見た目であるそれらが、受信機のように機能していることを察知した瞬間、この水晶がダイアモンドの星、ハイゲロスのエネルギーを中継していることを理解しました。

メルーはサンスクリット語で山を指し、それに敬意を表す接頭語のスを付けたスメルが仏教宇宙の霊山、「須弥山《しゅみせん》」だという説があります。その山の水晶がスメルのミコトであるスメラミコトの御魂のエネルギーの本源のエネルギーを中継しているのは、出来過ぎた話のようにぴったり符合しています。

二〇二一年十一月十九日（満月）

家人と、ほぼ皆既の部分月食を眺めていたところ、前回の満月の日にも自宅上空に滞空していた、ニギハヤヒの母船のエネルギーを感じました。

二〇二一年十一月二十日

この日も、ニギハヤヒのエネルギーを浴びました。

二〇二一年十一月二十七日

図24　上空に集まるトビ

約一ヶ月ぶりに大峯神社を参拝しました。神社周辺の散歩も終えて帰ろうとすると、大峯神社の辺りから私の真上をトビが舞い始めました。

3羽、5羽とどんどん増えるだけでなく、私の移動に伴って上空を付いてきます。10分ほども歩いたでしょうか、最終的には30羽ほどになりました。写真には16羽写っています（図24）。それらのトビも、私が駐車場に着くと、サッと広がって上空から去っていきました。

さすがに一度にこれだけたくさんのトビを見たのは初めてで、十月二十一日のことを寿いでくれたのだと感じました。

二〇二一年十二月七日

朝、目が覚めると、後半の祭祀は、二〇二二年三月二十日から二十一日に掛けて執り行うのが良いと判っていました。

二〇二一年十二月十一日

この日は、知人を大峯神社等に案内しました。

待ち合わせ場所では、ここまでのものは滅多に見ないというほど鮮明な幻日と内暈が現れました。後でこの時の写真を見たＵＦＯコンタクティの方によると、プレアデスの母船が来ていたのだそうです。

開けた景色の良い場所で、後半の祭祀の日程等の心算を話すと、上空に虹色の光と彩雲が現れました。

二〇二一年十二月十二日

素戔嗚尊の御製《ぎょせい》、

「八雲立つ　出雲八重垣　妻籠みに　八重垣作る　その八重垣を」

の八雲とは、彩雲のことであると聞いたことがあります。

ああ、昨日は八雲が立ったのだと思った瞬間、涙が玉のようにポロポロッとこぼれました。

すると、

二〇二二年三月二十一日はこれまでの集大成である

という言葉を受けました。

物事は常に、それまでの集大成として展開されるものでしょうが、身の引き締まる思いがしました。

地球の自転の音

二〇二一年十二月二十九日
夢を見ました。

暖色系の光に包まれた空間で、炎のような繭型の柔らかい光に包まれた人型の存在がいます。その世界は、地面も壁も半透明の光のような何かで構成されており、足を踏み下ろせば微かな光と共にシャラーンと音が広がるのです。まるで、世界の全てが楽器のようでした。

人型の存在は、二か月前に唐人駄場でライアーを奏でてくれた方でした。

朝日の上がってきた東の空を望むと、幾重にも彩雲が並んでいました。

静かにしていると、ダイヤモンドの星、ハイゲロスの様子を感じました。スメラミコトという言葉が浮かんできます。切り立った崖の上には7、8人のスメラミコトの存在がこちらを向いて立っています。全て白い光を放ちながら、半透明です。

ただそれだけのことですが大変印象的で、これ以来ハイゲロスのことを思うと、度々この場面が脳裏に浮かぶようになりました。

二〇二二年一月一日

未明に目が覚めたので、大峯神社に行くことにしました。

神社近くに車を停めて外に出ると、空には一片の雲も見当たらず、驚くほど多くの星々が見えました。ところが森に入ると、照明を持たない私には足下が全く見えません。

記憶を頼りに摺り足で慎重に進むと、大峯神社にはちょうど5時半に到着しました。皇居では、四方拝が始まるそうです。時間のことは考えずにいたので、嬉しい驚きでした。

暗闇の中で天地を拝すると、そこで虚空に浮かぶ地球の自転の音を聞きました。

先住民が聞くという自転の音とはこれのことかと思いました。

自分の背骨にも、それと同じ音が響いているのが判ります。

地軸と背骨は同じです。

天と地の狭間にあって、地球の背骨である地軸を感じながら地に存在することだと思いました。

メルーはタミール語の原始語で背骨の意味だそうですから、ここでも地球の背骨である地軸の方向にあるハイゲロスとの関連を感じました。

スメラミコトと関係する儀式

二〇二二年一月十三日

スメラミコトと関係する夢を見ました。数日前から毎日続く夢には、紫雲の方を始めとして知っている方が何人も出てきます。

昨年末から、イエスやダイヤモンドの星と関係のあるエネルギーが集中しており、それを用いて成し遂げられる何かがあるのです。

二〇二二年一月十四日

この日の夢も前日の続きで、紫雲の方が前日の夢について詳しく解説してくれました。成し遂げられる何かとは、ある人が形成した土台の上に成り立っている惑星規模のスメラミコトに関係する役割なのだという話でした。

土台を築くために必要な意識の領域に達するには、危険極まりない意識の世界の探索も冒険のように愉しむ精神性が必要で、これまで取り組んできた霊的覚者たちも誰一人としてそこに到達できなかったのだと聞かされました。命懸けというだけでは十分でないというのです。それを成し遂げたある人とは、保江先生のことでした。

また、役割は数人で分担して繊細な均衡を保ちながら進められていることや、果たされた場合の意義の深淵なことなどにも、すっかり魅了されて聞き入りました。

けれども話を総合すると、現在、その役割が果たせるかどうかの瀬戸際にある状況は、私の無自覚が原因だとしか考えられませんでした。

人間社会で身に付けた自己否定。これが妨げになって、私は自分が分担する役割の中身だけでなく、役割を分担していることさえ自覚していなかったのです。

自己否定については、この一年ほど前に次のような夢を見ていました。

私は招かれていた結婚式に出掛けました。もちろん、新郎新婦を祝うためです。

余興を披露する時間が近づいてきたため、そのためのくだけた衣装に着替え、出番が来たので、ひな壇に上がりました。

すると、その場でやっと、この集まりは結婚式でないばかりか、私は祝われる側だったということが分かったのです。

自分がいかに状況を読み違えていたかが明らかになり、心の準備ができていなかったこと と、ひな壇には不釣り合いな格好であることから、居心地が悪くなりました。

私がひな壇にいる間、5、6人が一人ずつ祝いの歌を歌ってくれましたが、せっかくの歌が難聴の私にはメロディーさえ聴き取れません。かすかに聞こえる場合も、流行に疎《うと》いことで曲を知らず、全く心に響きません。私のその様子に、ある人は歌いながらだんだんあきらめ顔になり、ある人は傷ついて泣き出しました。

私はいたたまれなくなり、ひな壇を下りて元の席に戻ると、先ほどの泣き出した人が、

「せめて歌ったのがどんな曲だったか聞いてもらいたい」

と、私の耳にスマートフォンを近づけてきました。

私は端末が発する電磁波の痛みに耐えかね、

「痛っ!!」

と身をよじらせて端末から離れました。

その人は、思いもよらない私の反応にショックを受け、呆然と立ち尽くしています。

夢から覚めて、朝食時に家人に話し始めると、激しくむせ返って話ができない状態がしばらく続きました。

確かに実生活での私はちょっとずれているうえに、会話が聞き取れないことから状況を理解できていないことが時々あるし、人工的な電磁波にも敏感で、電源の入ったスマートフォンやタブレットの近くにいるだけで、頭や骨が痛くてかなりの苦痛です。

これまで体験してきたことが、端的に表現されている夢だと思いました。

行き違いのたびに感じてきた噛み合わなさに加え、それをこれまで人に話したことのないことも、むせ返って話せないことに象徴されていると思いました。

二〇二二年一月十五日

この日の夢も、前日の続きでした。

スメラミコトに関係する儀式の一つが執り行われました。

儀式を司った紫雲の方の頬はこけて引き締まり、無精髭も生やしています。まだ続く儀式の潔斎《けっさい》（＊心身を清めること）の厳しさと困難とが伝わってきました。

その様子には、無自覚に陥っている場合ではないと奮い立たされました。

この日、トンガの海底火山が噴火しました。

二〇二二年一月十六日
この日の夢も、前日の続きでした。
紫雲の方の様子からは、次の儀式に向けて、油断せずに細心の注意を張り巡らせておかなくてはいけない、そんな緊迫感が伝わってきました。

前日のトンガの海底火山噴火の影響で、日本各地の潮位が上昇し、船も転覆しました。

この日は数名で横倉山（高知県越知町）の安徳天皇御陵参考地を訪れました。
御陵の中央、白い玉砂利の辺りの空気は、ゆらゆらと揺らいでいました。
この1週間ほどの夢に関することと関わるのだと思いました。

二〇二二年一月十七日

この日の夢も、前日の続きでした。
紫雲の方の様子からは、役割の成否を分ける状況は峠を越えた安堵が感じられました。
前日に、安徳天皇御陵参考地に足を運んだことも関係しているようでした。

熱田神宮の二ノ宮が鍵となる

二〇二二年一月二十八日
この頃、25年以上会っていない愛知県の友人のことが気になっていました。近々会わなければならない気がしたのです。
通勤中、三月五日に会えるといいなと思うと、激しく鳥肌が立ちました。

二〇二二年二月九日
夢を見ています。雄大な気配が立ち込めた空間から、言葉が響いてきます。
熱田神宮の二ノ宮が鍵となる

三月五日に友人と行く場所は、そこでなくてはならないと思いました。
夢の中ではその場所がどこを指しているのかよく分かっていたのに、目が覚めると分からなくなっていました。
熱田神宮（愛知県名古屋市　熱田大神）に、二ノ宮と呼ばれる神社はありません。

二〇二二年二月十三日
熱田神宮の二ノ宮とは、氷上姉子《ひかみあねこ》神社（愛知県名古屋市　宮簀媛命《みやすひめのみこと》）の元宮だと判りました。
熱田神宮の元宮である氷上姉子神社には、そのすぐ近くに元宮があります。
宮簀媛が、日本武尊から預かった草薙剣を祀っていたとされる場所です。

二〇二二年三月五日
友人たちと待ち合わせ、熱田神宮の拝殿を参拝します。
その後、裏手に回ると一之御前《いちのみさき》神社がありました。草薙剣はここに納められているのではないかと思うほどのエネルギーの強さでした。
熱田神宮と一之御前神社の元々の祭神は、尾張国に草薙剣をもたらした天火明命《あめのほあかりのみこと》とその妃だったという説があるそうです。すると、氷上姉子神社でも熱田神宮でも、草薙剣は女性が管理していたということになります。

高速道路がすぐ横にある氷上姉子神社は、走行音で騒がしいのに清々しい雰囲気でした。

鳥居を挟んで道路の反対側の小高い丘にある元宮に向かうと、元宮は社の手前が龍穴になっていました。

持参していたメルー山の水晶を友人に贈ると、力を入れてもいないのに水晶が欠けて元宮の地に一粒落ちました。

二〇二二年三月七日

夢を見ました。

三つの電磁的繋がりが強固になったそうです。

三つは場所でもあり、人でもあって、場所はダイヤモンドの星と氷上姉子神社元宮に大峯神社、人は三月五日に会ったうちの3人を指していました。

3人の頭頂には、それぞれ直径3センチメートルほどのくるみボタンのような塊が隆起し、そこから霊的で電磁的なパルスを稲妻のように発して、お互いが繋がっていました。また、それだけでなく、ダイヤモンドの星との繋がりも、より強くなっていたのです。

頭頂の隆起は、地球におけるメルー山と同じ働きであることを理解しました。

仏像の頭頂に見られる肉髻《にっけい》と同じではないでしょうか。

二月九日の夢で知らされていた鍵となる局面も乗り越え、非常に順調に進んでいると感じました。

なお、この話を夢に出てきた3人のうちの1人にすると、その方はダライ・ラマ14世のお兄さんと面会した際、「あなたの頭頂には、雪だるまみたいな二段のこぶがあります」と言われたのだと教えてくださいました。

彼には、直径3センチメートルどころではない大きな塊が見えていたのでしょう。

地上に出てきた天皇の龍

二〇二二年三月三日
愛媛県在住の方が連絡を下さいました。これまで四国四県のうち、なぜか愛媛からは連絡のないのを不思議に思っていましたが、その方は三月の祭祀にも参加してくださることになり、これで安泰だと思いました。

最近になって知りましたが、四国四県の県庁所在地、高知、徳島、高松、松山の頭文字を繋ぐと「言霊《ことたま》」、國名の阿波、讃岐、伊予、土佐の頭文字を繋ぐと「麻糸《あさいと》」となるのは、言霊を研究する人の間ではよく知られた話なのだそうです。

二〇二二年三月十四日

愛知県の友人は、見事な月輪を写真に収めています。

二〇二二年三月十八日（満月）

仕事から帰宅すると、東の空に浮かぶ満月が緑色に見えました。

これは写真に収めねばとカメラを構えるも、あっという間に普段の色に戻ってしまい、撮影できませんでした。

二〇二二年三月十九日

夢で、母船にいるニギハヤヒが、明日からの祭祀の準備を整えているのが判りました。

また、夕刻には自宅上空にニギハヤヒの母船が滞空していました。

この間に上空のニギハヤヒと意識が通い合い、祭祀の進行の大筋がまとまりました。

二〇二二年三月二十日

図25　星神社

星神社（図25）には社がありません。小高く空がよく見える場所に並ぶ磐座にしめ縄をかけてあるだけです。そこに、30人ほど集まりました。

剣の祓えによって始まり、太刀の動きと共に空間が変容しました。その様子は、その場に神聖な次元そのものが立ち現れたかのようでした。

次いで、法螺貝や笛にジャンベなど様々な楽器から次々と音が発せられ、舞も舞われました。絶妙な間合いで繰り広げられる音と体の動きとが、周囲の空間と互いに反応し合う様は見事でした。

その後は、中央に輪になった男性陣を女性陣が囲み、四方の女性から法螺貝が吹かれました。太くおおらかで、優しい音でした。

最後に男性陣と女性陣が入れ替わり、祝詞が奏上されて終わりました。

空を見上げると、日暈が出ていました。

私は没入していて気付きませんでしたが、祝詞の最中には、メルー山の水晶はキラキラと輝き、カラスは合いの手を打つかのように「ハイハイハイ」と鳴いていたのが、祝詞が終わると「カアカアカア」に戻ったそうです。

図 26　白山洞門

私はこの場所を饒速日命の妻、登美夜須毘売の祭祀場だと捉え、この日の祭祀をスメラミコトのエネルギーの女性的側面をたたえるものだと思っていました。
一方、前年十月二十一日に祭祀の行われた大峯神社は饒速日命の祭祀場で、これら二つは対になっています。

二〇二二年三月二十一日（春分の日）
前年十二月十二日に、「これまでの集大成である」と知らされていたこの日は、まず足摺岬の唐人駄場遺跡に寄った後、白山洞門（図26）で祭祀を執り行う予定でした。

唐人駄場の千畳敷岩では、剣の祓えによって白山洞門を含む方角が祓われました。列石の前では警蹕が発せられ、豊かな声量の『アメイジング・グレイス』が響き渡ったところで、祭祀の準備が整ったことが判りました。


白山洞門に到着し、洞門直下に持参した石、オーラライトやメルー山の水晶を中心に据えて円く並びます。


笛から太鼓に引き継いで、後は全て即興で進めることだけを確認して始めました。

海に向かって吹かれた笛の音色は幽玄な雰囲気を帯び、その余韻をたどりながら始まった太鼓で、音の空間が徐々に大きく広げられました。

その後は、太鼓に加えて法螺貝やトーニングに柏手など、様々な音が次々と20分以上も重ねられ、皆から音が発せられる度に、私たちの輪の内側に形成された筒状の空間が練り上げられました。

繰り返していたトーニングの音が不意に変わってしまったのは、ちょうどニギハヤヒのエネルギーが降りてきた時のことで、トーニングの音が祝詞に切り替わったからこうなったのだと気付き、一息で一音ずつ奏上しました。

締めくくりに警蹕を発すると、私たちの輪の中に大きく穴が開き、地球の奥深くから、筒状の空間を通って、天皇の龍が地表に飛び出てきました。

太鼓など何もかもがペースを落とし、そして終わりました。

祭祀完遂を感得しました。


自分ひとりなのか皆と一緒なのか分からなくなる世界に入り込んだ方、今がいつでどこにいるのか不確かになるほど没入した方、数多くの龍の出現を感じていた方などあり、太鼓を打っていた方は、手が勝手に動いていつまでも演奏ができそうな状態になっていたそうです。道理で濃密な場になったはずだと思いました。

また、神奈川には、一枚の龍の絵を描かれた方もありました。

白山洞門で使った石のことも、祭祀で起こったことも知らないままで描かれたその絵を見た時は、単に驚いただけでなく、あまりのことに笑ってしまいました。何しろ、背景から何からの色合いが祭祀で使った石そのものであるうえに、描かれている龍は、絵の中央から鉄腕アトムのオープニングのように、ぐーんと飛び出てきたそうなのです。

石のエネルギーも龍の出現の仕方も、白山洞門での出来事そのままで、感じ入るほかありませんでした。

加えて、前日から翌日まで春分の日を挟んだ3日間は、全国津々浦々で日暈や虹が観測されました。愛知県の友人も、太陽の周りに二重の虹を見たのだと教えてくれました。春分の日には世界中のあちこちで祭祀が執り行われますから、私たちもその流れの一つとなる祭祀ができて、また、その喜びの徴が空にも現れたのだと実感しました。

さて、前日に参加者の一人を空港で出迎えた時、そのコートのロイヤルブルーの鮮やかさが何とも印象的で、思わず「きれいな色ですね」と口にしていました。

星神社、唐人駄場、白山洞門と、この二日間で訪れたのはいずれも空と海との青が広がる場所です。

白山洞門で祭祀を終えた後、目の前に広がる太平洋がロイヤルブルーだったのを見て、「あ、あのブルーはそういうことだったのか」と思いました。

この後、1週間ほどは体に疲れが残りました。

これまでの集大成であると告げられて、実際に力を使い果たすほど注ぎ込み、全国あちこちから20人も30人も人が集まって練り上げたエネルギーは、膨大に感じられました。

それだけに、内奥の世界に生じた結果が、天皇の龍が地表に出てきたことだけだったという事実には、「たったこれだけのことがこんなに大変なのか」と思ったのが、正直なところです。物事は少しずつしか進まない。何かが一足飛びにということはなく、やっとの思いで成し遂げたことも、全体のごく一部にすぎません。

しかし、その仕組みをこそ、ありがたく思いました。何かが一度に大きく全体の動きを左右するようでは、うまくいかないのです。

一人暮らしでいる理由

二〇二二年三月二十七日

夢の中で、表紙に「サナンダ」とだけ書かれた本を授かりました。保江先生と一緒に読んでいます。題のとおり、サナンダについて解説されていました。

場面が変わって、保江先生ともう一人、私が実際には会ったことのない男性日本人物理学者の3人で話しています。その方も、普段は一人暮らしをしている様子でした。

私は、保江先生にやたらと真剣な様子で話しています。

「保江先生が一人暮らしでいることには、理由があります。

多くの人を救うには、男性性50、女性性50であることが必要なのです。

それは、夫婦で暮らせば原理的に不可能なのです」

50と50であるがゆえの強さ、51と49では生まれない鋼の強さがあり、それは一人暮らし以外の生活様式では、望むべくもないのだというわけです。


起床後は、だいたいにおいて「救う」なんて言い方は好きじゃないし、そもそもこんなこと言い切れるのかなどと思いましたが、夢の中では自信満々で、これだけは保江先生に伝えておかないと、という風でした。

本人に夢の内容を伝えると、以前からそう思っていたことにさらなる確信を得たというお返事でした。

アニサキスと有翼のライオン

二〇二二年四月十六日

前日食べた刺身に寄生虫のアニサキスがいたようで、中毒を起こしました。夜通しの腹痛は激しさを増し、明け方からは蕁麻疹《じんましん》もひどくなって、アナフィラキシーを起こすおそれも出てきたため、家人の運転で救急外来に掛かりました。

速やかに対応してもらえた安心で気を抜きかけたものの、座ったままでの点滴が始まると、すぐに力が入らなくなって体が崩れ、呼吸もしづらくなりました。失神の危険を感じてナースコールで助けを求めると、医師や看護師が駆けつけて物々しい雰囲気になりました。

ここで、あろうことか全く突然にスメラミコトの御魂のエネルギーが掛かってきました。体も反応し始めたので、人前でこんな風になって大丈夫かと思いましたが、既に意識は遠のきかけ、なす術もありませんでした。

そこから先の記憶はありません。

気が付くと、ベッドの横には家人が一人で立っていました。容態も安定し、帰宅を許されました。

この日から3週間ほども経って家人から聞かされたのは、次のような話です。

この日の朝見た夢の中で道を歩いていると、いつの間にか仲間とはぐれ、やがてビルの屋上にたどり着いた。そこには、シートを掛けられた何かがあったので中を覗くと、翼の生えたライオンの像だった。動き出したその像が肩の上に乗ってきたかと思うと、たった一言、「護る」とだけ告げられ、そこで夢は終わった。

起きてから病院に行くことになって家を出ると、病院に着くまでの間はずっと、すぐ前をライオンの紋章の車（プジョーの車）が走っていた。夢に出てきたライオンだ、有翼のライオンに先導されていると思いながら運転した。

けれど、病院の点滴で気分が悪くなったと言い出してからは、ぐったりしたかと思うとライオンのように唸り始めて様子もおかしいし、夢の中では「護る」と聞いたのに、いったいどういうことだろうと思っていた。

「このライオンの助けがなければ、命を落としていたのだな」

家人の話を聞いて、そう思いました。

有翼のライオンとスメラミコトの御魂のエネルギーとは、深く通じ合っているようです。

葦嶽山から鞆の浦へ

二〇二二年四月二十日
夢を見ました。

玉砂利の敷き詰められた大きな神社の拝殿の前にいます。

そこにいる60人ほどは、全員が先ほどまで行われていた神事の参加者です。

神事は一人一人が霊感をいただくために、巫女と年配の神官の2名によって執り行われました。今はその結果を、一組ずつ巫女に報告しているところです。

その巫女たるや凄まじい気を発する地母神が乗り移った状態で、報告された内容の実現に向けて叡智を与えています。三月の祭祀に関わった地母神トナンツィンが海や水を思わせるのに対して、この地母神はマグマの激しさをはらんでいました。アマラーヴァと呼ぶようです。

ある数人の組は、「女性の子宮と地球の内部との結び付きが以前よりも強くなりました。そのために、これまで子宮に蓄積されてきた哀しみや否定に対する怒りなどとの結び付きも強くなって、このままでは地震を引き起こしかねません。近いうちに身近な女性で集まって、深い癒しの場を持ちたいと思います」と説明していました。

別の組は、行き先の神社の名前を告げた途端、まるで怒ったかのように髪を逆立てた巫女から、その覚悟を問いただされていました。そこは人の遺伝子の修復に作用する重要な場所なのですが、別の組の人たちの心の傷を通して初めて修復の場に入り込める仕組みになっており、安易な気持ちでは成し遂げられないのでした。

最後に私の組も、次に行く場所とその意味を説明しました。

記憶は詳細ではありませんが、行き先は広島県の葦嶽山《あしたけやま》とその近くにある神社で、神社の名前は漢字4文字でした。葦嶽山には対になっているもう一つの山があり、そこにも行くことになっていました。

一度は目が覚めたものの、再び引き込まれた眠りの中では、男性歌手が、

「紳士には〜、行儀良くする〜、限界がある〜」

と繰り返し、繰り返し、叫ぶように歌っていました。

社会の良識に通じていても、人間社会の領域しか認識できないようでは通用しないという意味でした。

二〇二二年四月二十四日

この日までに、四月二十日の夢で巫女に告げていた漢字4文字の神社は蘇羅比古《そらひこ》神社（広島県庄原市）、葦嶽山と対になる山は鬼叫山《ききょうざん》であることを確信し、葦嶽山、鬼叫山、蘇羅比古神社を訪れるように計画しました。

また、宿泊先を予約すると、目と鼻の先に知人から聞いていた仙酔島を見つけ、そこにも行くことにしました。明治天皇以来、天皇陛下が度々ご訪問なさっているそうなのです。

二〇二二年五月八日

午前5時に車で自宅を出発すると、5時間ほどで葦嶽山の登山口に着きました。新緑が爽やかな山道を登ると、好天の山頂ではタテハチョウやクロアゲハが三々五々舞っています。

眺望も良く、長居したくなる場所でしたが、ひとまず道なりに鬼叫山へ向かいました。古代から祭祀を執り行っていたことが、ありありと伝わってくる場所です。

「神武岩」でも上方からは陽光、下方からは爽やかな風がゆったりと吹き上げて大変心地良く、体の不調が治りそうだと思いました。岩に腰掛けると南を向くことになりますが、座っているとブワーッと強いエネルギーが押し寄せ、体はそれにすっぽりと包まれました。海岸から50キロメートルほどの内陸部にもかかわらず、エネルギーは極めて海洋的でした。

すぐ近くの「獅子岩」を見た家人は、前述の四月十六日に見た有翼のライオンの夢を思い出したそうで、私はそこで初めて夢の話を聞きました。神聖な気配に満ちた場所で聞く有翼のライオンの話は畏れ多く感じられ、慄《おのの》くような思いがしました。


鬼叫山は、葦嶽山の遥拝所であったといわれています。

「供物台」と呼ばれる花崗岩こそが、まさに遥拝していた場所ではないかと思えました。

葦嶽山を向いた状態で目を閉じました。体の内的感覚に自分を委ねるためです。

頭から足までの骨の全体が岩の気配に溶け込むと、先ほどまとったばかりのエネルギーは、ゾワッ、ゾワッと磁気的に作用しながら、呼吸と共にその強さを増していきます。時の訪れに合わせて一息、長く声を発すると、エネルギーはそれに乗って稜線上を葦嶽山の山頂まで走り抜け、そのまま山頂にそそり立ちました。

辺りがしんとすると、涙が一筋流れました。


その後は葦嶽山の山頂に戻り、軽食を取りながら休憩していました。

ふと地面に目をやると、アオゴミムシでしょうか、鮮やかな光沢を帯びた緑色の昆虫の胸部が落ちていました。前年に死んだのでしょうが、虫好きでもなければ気付かなかったに違いありません。こんな所に珍しいなと思いました。

正午のサイレンを聞いたところで、山を下りました。

駐車場へと戻る途中、「鷹岩」と呼ばれる岩の横を通り、そこで初めて、獅子の岩に加えて有翼のライオンの個性を表す鷹の岩があったことに気付きました。葦嶽山登山にも、有翼のライオンの助けがあったのだと思います。


駐車場に戻ると、そのまま車で蘇羅比古神社に向かいました。

境内の50メートルを超える立派なスギが生える神社は、第26代継体《けいたい》天皇即位年（５１０年）の創建と伝わるそうですから、即位を祝して建てられたのでしょう。

今上陛下は、継体天皇と深い縁をお持ちだと聞いたことがあります。


宿泊先の広島県福山市鞆《とも》の浦に着くと、駐車場にはライオンの紋章の車（プジョーの車）が停めてありました。

翌日は仙酔島に行くことまでは決めていましたが、何となく、そのほかにも行くことになる神社があるような気がしていました。

二〇二二年五月九日
目覚める間際、夢を見ていました。
城下町を歩いていた私は、神社に行こうとしています。
「氷上姉子神社」という文字を見たところで、目が覚めました。

昨夜からの直感どおりだと思いました。

夢の中で行こうとしていた神社は、宿泊先から歩いて行ける場所でしたので、現実の氷上姉子神社ではなく、氷上姉子神社と共通点のある神社だと目星を付けました。

調べてみると、鞆の浦には、京都の旧官幣大社《かんぺいたいしゃ》である八坂神社の元宮ともいわれる沼名前《ぬなくま》神社（大綿津見命　須佐之男命）があるのが分かりました。氷上姉子神社は、旧官幣大社である熱田神宮の元宮だとされていますので、両者は旧官幣大社の元宮である点が共通しています。

また、鞆の浦が城下町である点も、確かに夢と合致します。

それに加えて、沼名前神社の敷地には、江戸幕府の第2代征夷大将軍徳川秀忠が贈った豊臣秀吉愛用の能舞台があるとのことで、秀忠には親近感を抱いていることから、沼名前神社を訪ねるのがいっそう楽しみになりました。

朝食を終えると、渡船《とせん》で仙酔島に向かいました。

汗をかかない程度にゆっくり歩いた島内は、どこもかしこも穏やかで、険しい感じがありません。ところどころで立ち止まっては木々のざわめきに耳を傾け、海を眺めては心地良さを味わいました。良い所だと思う場所はあちらこちらにありましたが、それだけではありませんでした。

「モミジの谷」のモチノキが群生している辺りは精気に満ちた趣《おもむき》があり、帰りがけにわざわざもう一度立ち寄ってしまったほど惹きつけられました。それから、「龍神橋」の下の通路を通る時にも、龍の体内を通っているのかと錯覚するような不思議な感覚がありました。

初めての仙酔島を満喫してすっかり寛いだところ、驚いたのはここからです。

船着場の近くまで戻ってきた時のこと、浜辺の道の上で見つけたのは、鮮やかな光沢を帯びた緑色の虫でした。シロテンハナムグリが人に踏まれて瀕死の状態で落ちていたのです。

前日も、そろそろ帰ろうかという段になって、緑色の光沢を帯びた虫の死骸を見つけたわけで、そこには何か啓示的意味合いがあることを思わずにはいられませんでした。

昼食を食べると、沼名前神社に向かいました。

参道の鳥居をくぐった辺りからは、所々で掛かってくるエネルギーを感じながら歩きました。能舞台の前も通り、無事に参拝を終えました。

辺りを眺めながら見通しの良い参道の石段を下りていたところで、参道の延長線上を見渡すと、海の向こうの真正面には、仙酔島で特に印象に残った2か所、「モミジの谷」の途中と「龍神橋」とがあるのが分かりました。

その時、私の体は沼名前神社の本殿とその2か所をまっすぐに結ぶ、まさにその線上に位置することを許されていたのです。参道を歩きさえすれば、誰でも線上に位置することになりますから、その意味では当たり前なのですが、やはりかたじけなく思えるのでした。

体は何かエネルギーの流れのようなものを感じ取ったのか、すっと一筋、涙が流れました。


さて、参道を下りながら山門をくぐろうかという時のことです。

なんと、家人は参道の上に、弱っているシロテンハナムグリを見つけたのです。

二度あることは三度あるとはいいますが、またしても帰ろうかという時に、緑色の光沢を帯びた昆虫が現れたのです。

葦嶽山では死んだ、仙酔島では瀕死の、沼名前神社では弱っている、緑色の光沢の虫を見たわけですから、それは蘇りを暗示しているように思えました。蘇るのは海洋的なエネルギーのことであると思いますけれども。

一般に、こうして示される徴は人に応じて姿を変えるもので、一律に定まった形があるわけではありません。

私には、昆虫という手段が最適だったということなのだと思います。

参道を下りると、道の脇にあった小鳥神社という神社が目に入りましたので、参拝しました。全くその辺りのどこにでもありそうな外観の神社でしたが、意外なほどの強い神気に驚かされました。

天皇の龍、現る

二〇二二年六月三日
家人との夜の散歩中、多くの宇宙船を見掛けました。霊的な意義が大きいことがある前日には、たいてい多くの宇宙船を見ます。翌日は、ある方が案内したい場所があると声を掛けてくださって、愛媛県を訪れることになっていました。

二〇二二年六月四日

集合場所には地元愛媛をはじめ、宮城や群馬、大阪からも総勢17人が集まりましたが、そこに大きなマゼンタ色の看板が掲げられていたのと、集まった中の二人がマゼンタ色の服を着てきたのは、何とも象徴的でした。

向かう先は、東温《とうおん》市の滑川《なめかわ》渓谷です。日本七霊山の一つに数えられる石鎚山の山系で、砂礫《されき》岩の侵食によって生まれた滑らかな川床が魅力の渓谷です。

時に川を横切りながら続く遊歩道は、新緑の緑も深まった木々の下で実に爽やかで、歩いていると体も周囲の空気に溶け込んで広がっていくかのようです。

半時間ほどゆっくり歩くと、「龍の腹」と呼ばれる目的地に着きました。

周囲から砂礫岩が迫り出した特異な空間は、なるほど龍の腹に取り巻かれているかのようです。

「これはすごいな……」

思わず足を止め、目の前に広がる光景に見入ってしまいました。

すると、ある人が、

「何だか分からないけど、涙が出ます……」

と教えてくださいました。

まるで何かを思い出したかのように、はらはらと涙を流していますが、しかし、表情は光り輝いています。側から見ても、その方に神聖なエネルギーが流れ込んでいることが判りました。

その方は、促されるままスポットライトのように光が差し込んでいる岩に上がると、光を身に受けながら舞を舞われました。

その舞が終わった頃だったでしょうか。

次いでもう一人、神聖なエネルギーが流れ込んでいる方がいることに気が付きました。やはりその方の所にも、スポットライトのように陽光が差し込んでいます。流れ入るエネルギーに体の動きを委ねている様子は、まことにたおやかで優雅であって、原初の巫女舞とはまさにこのようなものであったろうと思いました。

その頃には、クリスタルボウルの演奏も始まって、ボウルが共鳴した重層的な音が辺りを満たしていました。トーニングが重ねられると、それに合わせてクリスタルボウルから出たことのない音が出始めたのだと聞きました。エネルギーの高まりが落ち着くまで、演奏は続けられました。

場所を変えての昼食も終え、帰宅前に駐車場で話をしていたところ、ある方が、上空の雲を指差しながら、

「天皇の龍ではないでしょうか」

と教えてくださいました。

その方には渓谷にいる時から判っていたそうですが、私はそこで初めて、滑川渓谷に現れたエネルギーが、天皇の龍であったことに気付きました。

渓谷で強いエネルギーが流れ込んできた二人は、マゼンタ色の服を着てきた女性二人でした。マゼンタ色は、男性的側面である青と女性的側面である赤の融合によって生まれます。

この日、天皇の龍を迎えるには、マゼンタ色のエネルギーが必要だったのでしょう。

変形していたクリスタルボウル

滑川渓谷の「龍の腹」で、クリスタルボウルを演奏してくださったのは大変実直なご夫妻でしたが、そのお二人から、帰宅後にクリスタルボウルを確認したところ、色も形も確かに変化していたのだと報告がありました。

物理的には、共鳴する音の変化はボウルの形の変化を意味しますので、音が変化したならばボウルの形が変わっていても当然です。しかし、二酸化ケイ素を主成分とするボウルを常温で変形させる仕組みは、私の学んできた科学の範囲ではうまく説明することができません。

常温でボウルを変形させた要因には、意識が物質に及ぼす作用が想定されるものの、一部を除き、通常の科学では意識と物質の関係は取り扱わないのです。

そのため、例えば座っていて立ち上がる時に、自らの立ち上がろうという意識がどのように脳内の物質に作用して立ち上がれるのか、いったい意識が作用するのは電子、陽子、中性子のいずれなのか、その全部なのかも取り上げられることはありません。

また、意識が物質に作用する範囲が通常は自身の体内に限定される仕組み、つまり自分の手足は動かせても他人の手足は動かせない仕組みが知られていないため、逆に意識が体外の物質に物理的作用を引き起こすのがどのような場合であるのかも理解されていません。

中には、意識が体外の物質に物理的作用を引き起こすことがあるのかな、そんな話は耳にしないけどなという方もいらっしゃるかもしれませんが、会話では相手の同意を得られそうにない内容を話題にすることはないのが普通ですから、大っぴらに語られることが少ないだけで、実際にはもっと頻繁に起こっているのだと思います。

私は、会った人からしばしばその手の実体験を聞きますし、目の前で見せてもらったことも一度や二度ではありません。

現在の一般的な認識では説明がつかないからといって、特殊な出来事だとは限りません。人は誰でも、体外の物質に物理的作用を引き起こす能力を備えているのだと思います。

白抜けして写った人物

土御門上皇がスメラミコトのカルマを封印した場所、轟神社に知人を案内した時のことです。

知人が、スマートフォンのカメラで鳥居を撮影したところ、その下を奥に向けて歩いていた二人のうち一人の頭髪や首、鼠色の衣服、バッグの黒い紐が白抜けし、右腰の黒いバッグは木漏れ日の当たった部位もそのまま黒く写りました。

木漏れ日が差すだけの森での撮影なので、太陽光による白抜けではないことはその場にいた全員に分かりました。筑波大学の研究で、人体が微弱な可視光線を発していることが判明したのは知っていましたが、人がここまで白抜けして写っているのを見たのは初めてです。

興味をもった私は、写真の画像ファイルを送っていただいて分析しました（図27）。

図27アは800×645個の画素からなる元画像（狩野美恵氏提供）です。それぞれの画素には明るさが256階調で記録されています。

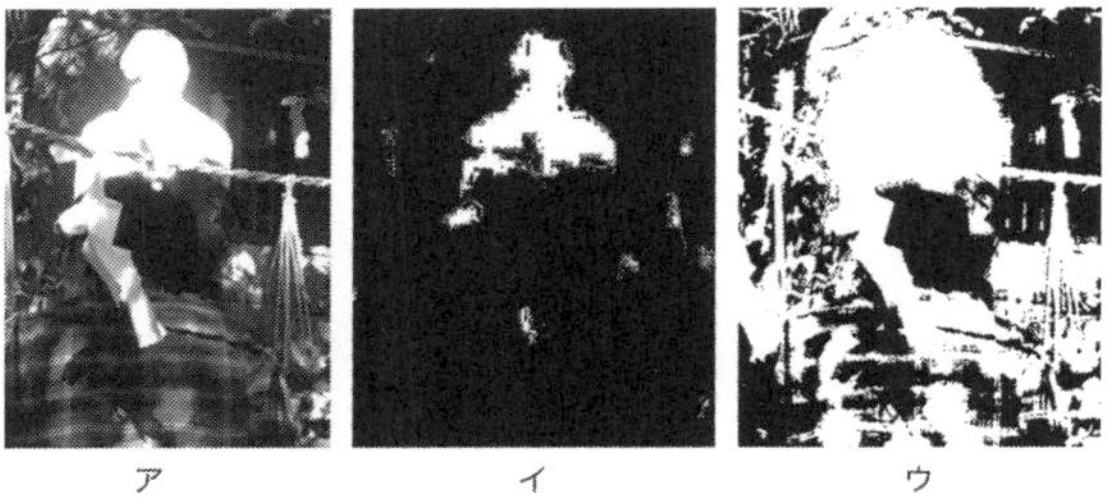

図27　白抜けして写った人物の写真とその解析画像

図27イでは、最も明るい1階調の画素だけを白に、残りの255階調を黒に変換しています。この明るさで感光していたのは、木漏れ日が当たった紙垂《しで》やしめ縄とこの人物だけでした。紙垂やしめ縄は、木漏れ日が当たった中でも特に明るい一部だけが該当し、この人物は木漏れ日の当たっていない部位のほか、頭髪や脇など暗く写るはずの部位も含めた全てが該当しています。

図27ウでは、明るい方から192階調の画素を白に、残りの64階調を黒に変換しています。白抜けした人物は、輪郭が現物と一致せず、周囲まで繭型に感光していますが、その他のものは輪郭が現物と一致し、周囲は感光していません。

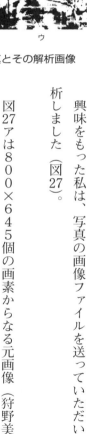

このように、白抜けした人物は、木漏れ日が当たっていなくても最も明るく記録されている点と、人物の周囲まで明るく記録されている点でその他の物と異なっており、画像ファイルには、この人物を光源とする光が記録されていることが分かります。

ここで注意が必要なのは、画像ファイルに記録されているのは色と明るさだけであって、光が生じる仕組みではない点です。

学生時代、天文学の教授から、「現在の理論では、太陽から地球に届いている光の半分程度しか説明できない」と教わりました。太陽光を観測できても、それがどうやって生じているのか説明できないのは、両者が別の問題だからです。

人物が放つ光については、頭髪、皮膚、衣服、バッグの紐のどれもが最も明るく記録されている点も見逃せません。

もしもこの人物の皮膚だけが光を放っていたのなら、頭髪や衣服などは他の物と同じように暗く写るはずですが、そうなっていません。では、光源が皮膚から数センチ離れた外側にあるのかというと、話はそれほど単純でないかもしれません。

それというのも、学生時代、私には写真に半透明になって写ってしまう友人がいたからです。片手だけのことも、ほとんど全身のこともありましたが、他の友人は普通に写っているにもかかわらず、その友人だけは半透明になった体や衣服とその向こうの背景との両方が、手ぶれもなく鮮明に写ってしまうのです。まだフィルムカメラの時代、レンズ付きフィルム『写ルンです』で撮られた不思議な写真の数々を、理学部の同級生たちと囲んで興味深く眺めたものでした。

ただ、友人が半透明に写ったクラスマッチの当日、会場にいた私たちには彼が半透明に見えていたわけではありません。百人くらいがいた中で、誰も「こいつは半透明だ」と驚く者はいませんでした。

私たちの見え方が写真に記録された事実と合致していなかったのは、ヒトの認知機能の問題である可能性が大いにあります。既に多くの種類の視覚的補完、錯視が知られているとおり、視神経には事実が伝達されていても、脳が補完してしまうせいで、人の視覚は事実を事実どおりには認識できないのです。

もっとも、脳の補完機能にも個人差があり、発達障害といわれる人の中には、いくつかの錯視が起こらず、事実のとおり認識できる人がいることも知られています。

白抜けした人物と友人との写り方には、光を放っているのが記録されているか、半透明に写っているのかという違いはあっても、頭髪、皮膚、衣服の写り方が同様に変化した点は共通しています。

このことから、広く認識されていないだけで、人間には物体の光学的性質を変化させる機能が備わっており、しかも、その機能には物体が頭髪なのか、皮膚なのか、衣服なのかはそれほど関係しないのだと考えるようになりました。

また、プロの写真家からも「常識では説明がつかない」として、原野で体全体が鮮明な半透明に写っているフクロウの写真を見せてもらったこともありますから、この機能は人間限定というわけではなさそうです。

ところで、私の知る限り、宇宙人は人型でも光を帯びて細部がはっきりしないことや、繭型の発光体であることが多いです。宇宙人を撮影した知人の場合も、やはり人型の発光体として写っています。

しかし、宇宙人がどんな風に見えるのかという質問に、その程度の説明で満足してくださる方はあまりなく、会話もそこで途切れがちになることが多いものです。その度に申し訳なく思っていましたが、これらの分析を通して、そのようにしか見えないのも仕方がないのだなと諦めがつきました。

ちなみに、白抜けした人物は、空海が修行した洞窟の中でも人に驚かれ、その場にへなへなとしゃがみ込まれたことがあったようです。何でも、「白く光っていたので空海か宇宙人が出てきたのかと思ってびっくりした」のだとか。松久正先生も、祈りの場などでしばしば白く写ってしまうそうですし、知り合いの科学者にも、日中、周りから見てはっきり分かるほど光っていたという方がいます。

今のところ頻繁にとまでは言えなくても、宇宙人と同様に銀河系宇宙の生命体である人間も、結構あちこちで光っているのかもしれません。


注…図27は Wolfram 社の科学技術ソフトウェア Mathematica の画像処理機能を使って作成

ミカシキヤビメ

二〇二二年六月九日
「ミカシキヤビメ」という言葉だけを記憶して、目覚めました。

日本書紀では三炊屋媛《みかしきやひめ》、鳥見屋媛《とみやびめ》、長髄媛《ながすねびめ》、古事記では登美夜毘売《とみやびめ》、高知県では登美夜須毘売として出てくる饒速日命の妻です。

八月にはミカシキヤビメと関わる場所に行くことになると思いました。日が近付くにつれて、四国山地で絶滅危惧種のクマタカを間近で3羽も見たり、行く度に腰掛けている岩にクマタカのものと思われる大きな猛禽類の羽が空から落ちてきたりしました。また、出発直前には、とある山の山頂で10頭ほどのヤマトタマムシが乱舞するのも見ました。猛禽類もタマムシも、鳳凰と関係すると思いましたが、実際の旅行の際には、たびたびそれらを目にしました。ヤマトタマムシが、その辺を適当に歩いたくらいで見かける虫ではないことはよく知っています。

二〇二二年八月四日

夢を見ました。

お堀のような川を上空から見ています。浅く流れがほとんどない淀んだ川には、巨大な古代魚がいます。人の理解の及ばない原初の意識をもつそれは、時折、飛沫《しぶき》を散らしながらのたうっては黒くぬめっていました。

川の横には観覧場があります。中央は陸上競技のトラックのような広場で、数百人の先住民が並んでいます。周囲には、華やかに着飾った諸外国の王侯貴族が百人ほど招かれて、着席していました。

気が付くと、いつの間にか式典が始まっています。

整然とした様式に則って進められ、兵士による先住民の射殺が始まります。逃げる術のない先住民たちは、肉片や鮮血、脳みそを飛び散らせながら次々と死んでいきます。あまりの凄惨な光景に、姿勢を崩さず座っていた王侯貴族の女性にも、嘔吐する者が何人も出始めます。射殺は続けられました。

列席している王侯貴族たちは、自国で絶大な権威と権力を有する立場ですが、しかし、もはや混乱と動揺のあまり、誰にこれを止めさせる権限があるのか、どうすれば止めさせられるのか、また、そもそも止めさせてよいものなのかどうかさえも、分からなくなっているのでした。

この夢の世界に一歩踏み入ると、現代の文明社会を奥で制御し得る立場の者たちの状況を象徴的に示していると見ることができます。この段階では、普通の人にとって自分自身との関係は希薄です。

しかし、さらに深く入り、自分自身と膨大な数の他者の意識との総和で成り立つ領域から俯瞰することもできます。

巨大な古代魚には、冷たい血をもつ者たちの根源的な意識が示され、観覧場での様子には、人が地球上で構築してきた意識の世界の脆弱性が示されています。

意識の激しい動揺は身体に異状をきたしますし、動揺が起こる前から同じ場を共有していれば、その集団へ意識を順応させて同化する作用と、集団の中で意識の独立性を保つ作用との境界がぼやけてくるものです。そこに混乱が加わると、意識の同化から独立への瞬時の切り替えはいっそう難しくなります。簡単に見えても、簡単ではないのです。

銀河の様々の星々から多様な遺伝子と、それに適合する意識とが持ち込まれているこの地球。果たして、冷たい血をもつ者たちには、その脆弱性が見当たらないのでしょうか。

大変示唆的な夢だと思いました。

この領域を探索するには、特別なマゼンタ色の意識で入っていく必要があります。

二〇二二年八月七日
以前から何度か、小さな子供の記憶に入り込んでしまうことがありました。八角円堂の中で周囲を取り巻く巫女から祝詞を奏上されるというものですが、その八角円堂が、法隆寺夢殿（奈良県生駒郡斑鳩町　救世観音菩薩）ではないかと思って訪ねたのです。

着いてみると、確かにここだったように思えました。

また、手水鉢の水の出る所が、姿勢や翼の伸ばし具合など、モヤン・クハウによく似た鳳凰（図28）でした。


次に、言い伝えのとおりに禁足地から七支刀が出土したことで知られる石上神宮（奈良県天理市　布都御魂大神《ふつのみたまのおおかみ》）を訪ねました。

社叢林の大きなモチノキの梢には、10頭ほどのヤマトタマムシがぶんぶんと飛び回っていました。

図28　法隆寺の手水鉢の鳳凰

境内に数十羽放し飼いにされていた見事な色のセキショクヤケイ（赤色野鶏）は、遺伝子分析から全ての鶏の共通の祖先であることが秋篠宮殿下によって推察されており、鳳凰のモデルであるマレーカンムリセイランと同じく、キジ目キジ科のマレー半島にも棲む鳥です。

さらに、三島神社（奈良県天理市三島町　布留御魂神《ふつのみたまのかみ》）を訪ねました。

祭神は、饒速日命と三炊屋媛だという説もあるようで、今回訪れた場所の中で最も三炊屋媛と縁が深い場所だと思えました。天理教の教祖である中山みきが布留御魂神に天啓を受けた場所ともいわれています。

手水鉢には、落ちたばかりだと思われる小鳥の羽が浮かんでいました。境内の広さや社殿はごく普通ですが、漂う神気は強く、瞑目すると、月を背景に鶏が大きく羽を広げている様子が浮かんできました。

二〇二二年八月八日
この日は、出雲大神宮（京都府亀岡市　丹波国一宮　大国主命　三穂津姫命《みほつひめのみこと》）に行きました。
磐座に惹かれて訪ねることにしたのですが、異郷への境界を飛ぶ勇猛な鳥で、高天原から出雲国へ飛び下った天夷鳥命《あまのひなどりのみこと》も祀るといわれており、ここでも鳳凰との繋がりを感じました。
本殿の裏山への道すがら、開けた場所に差し掛かると、鳥が2羽、左右対称に交差しながら飛び、磐座の前で瞑目すると、雲がたなびく球体の上に鶏が大きく羽を広げている様子が浮かんできました。

山を降りていると、ヤマトタママムシが2頭上空を舞うのが見えました。

二〇二二年八月九日

この日は、天龍寺（京都市）に向かいました。

多宝殿の後醍醐天皇像には、まるで生きて座しているような存在感がありました。

法堂の仏像の正面には、「今上皇帝聖寿無限」と掲げられています。天皇陛下だということのようです。瞑目して合掌すると、斜め上の空間から、

共に歩もうぞ

と響いてきました。天皇陛下だと思いました。

二〇二二年八月十七日

出勤中、おもむろに天皇陛下の気配を感じました。この時は、

兄弟よ

と一言だけ響いてきました。陛下は、我々を同じ時代を共に歩む兄弟だと思し召しだということでしょう。

龍には父性を感じるのに対して、鳳凰には母性を感じます。ミカシキヤビメを通して、鳳凰とスメラミコトの御魂のエネルギー、それから日本とマレーシアとの関係について考えさせられた夏でした。

やってきたハイゲロスの守り手

二〇二三年二月十八日

弟さんが、さる神宮の宮司だという方は、電話で色々のことを教えてくださいます。

例えば、饒速日命は素戔嗚尊の息子で、香取神宮の祭神でもあること、娘婿の神武天皇を気に入って地位を譲ったこと、三輪山が御神陵であること。それから、二〇一一年に斎行したオノコロ神事では、三月十一日に淡路島の伊弉諾神宮で鳴門の水の神事を行った直後に東北地方太平洋沖地震が起こり、六月に富士の火の神事を行った後には、知らない方から「富士山に光の柱が立ちました」と連絡があったことなど、びっくりするような話の数々です。

ところが、この日の話はちょっと違っていました。

高齢であるその方が、さすがに自分も先がそう長くないからと断ってから話してくださったのは、

「今、ニュージーランドのワイタハ族のテポロハウ長老が来日中です。

あなたは、一度長老にお会いになられた方がよいと思います。

私が連絡を取って差し上げますから、都合のつきそうな日を教えてください」

という内容だったのです。

かつて長老の講演会で、壇上から降りてきた長老が、「私は金龍のプリンセスであるあなたに会いにここに来たのだ」とおっしゃられたという逸話をお持ちの方です。その方が自分の寿命を意識しながらそう語られるわけですから、「お願いします」と頭を垂れるほかありませんでした。

ただ、この時はお互いの予定が合わず、長老にもその窓口の方にもお会いすることはできませんでした。

二〇二三年三月二十一日（春分の日）

天皇の龍の誕生に際して大きな働きのあった、広島県宮島の御山神社に御礼参りをしました。

参拝を終えて帰り始めると、何やら物音がします。

少し先の道の脇で、雄シカ2頭が角を突き合わせて激しく押し合っていました。邪魔をしないように横を通ろうとすると、私に気付いたシカたちは押し合いをやめ、2頭とも耳をピンと立ててまっすぐこちらに近付いてきました。私に向けて鼻を突き出すシカに合わせてしゃがみ込むと、シカはそのまま自分の鼻を私の鼻にそっとくっ付けました。

その振る舞いは、4年前に御山神社に参拝した時と全く同じです。胸には幸せが広がりました。

ただ、少し意外だったのは、シカの様子が、終えたことに対する労いというよりも、これから起こる何かの始まりを告げるかのようだったことでしょうか。

二〇二三年三月二十四日

翌日は、朝早くから住吉大社（大阪市住吉区　摂津国一宮　筒男三神《つつおのさんじん》ほか）の参拝に誘われていました。しかし、この日も仕事の終わりが遅くなりそうで、お誘いには「おそらく難しいと思います」と返事をしてありました。

ところが、昼食中、白飯を食べていただけなのに突然ガリッと音がして歯が欠けてしまったのです。痛みよりも神社のことが頭に浮かび、「ああ、これは神社に行くことになっているんだな」と悟りました。

治療のために早退し、結果的に参拝もできるようになりました。

二〇二三年三月二十五日
住吉大社と神縁の深い方に、摂社や末社、本殿などを順番に案内していただきました。住吉大社も、饒速日命と関係する神社です。

それぞれの社で説明を受けながら、一行の誰かが真ん中に立って参拝しました。

最後に参拝した摂社の大海神社では、

「ここでは真ん中に立たなければならないな」

と判りました。

正面に立って目を閉じると、不意に黒龍が現れました。

光沢のない黒い体の迫力あるギョロ目からは、活力が溢れ出しています。眼球は黄色く瞳孔は黒い縦長、爪と牙は白くて、先が二股に分かれた舌は爛《ただ》れたように真っ赤です。初めて見る個体でした。

参拝が終わるまでの間、私の体の動きは独特だったことから何があったのかと訊かれたので、ありのままに話すと、案内してくれた方は、

「私も、奈良の三輪山で黒龍に出会いました。国家レベルの龍なのではないかと思います」と教えてくださいました。

夜明けからのっぺりとした曇天だった空は、いつの間にか明るくなり、日が差し始めました。この場に来たのも、この龍に出会うためだったのでしょう。4日前のシカの様子も、納得です。以後、しばしば現れるこの龍のことは、「黄色い猫目の黒龍」と呼んでいます。

この日、「ゆの里」（和歌山県橋本市神野々《このの》）を訪れることは、半年近く前から決まっていました。光栄なことに、ぜひ案内したいとおっしゃられる方から誘いを受けていたのです。

「ゆの里」の社長さんやその他の方々からは、「ゆの里」から出てきた水がどのような不思議な経緯で発見されたかということや、「ゆの里」の水を研究している神戸大学のツェンコバ教授らによって判明した水の性質を伺いました。水は、通常1気圧の下で100℃で沸騰するのが、水分子のクラスター構造によっては60℃で沸騰すること、人間が発熱した時の温度である37℃から42℃では、他の物質に対する水和の様子が他の温度と異なるために、異物の排出に適していることなど、大いに驚かされる話が盛り沢山でした。

また、「ゆの里」から出た3種類の水のうち2種類を混合すると、水分子のクラスター構造が、月齢によって変化するそうなのです。水星や金星の公転周期と同期している可能性もあるとい

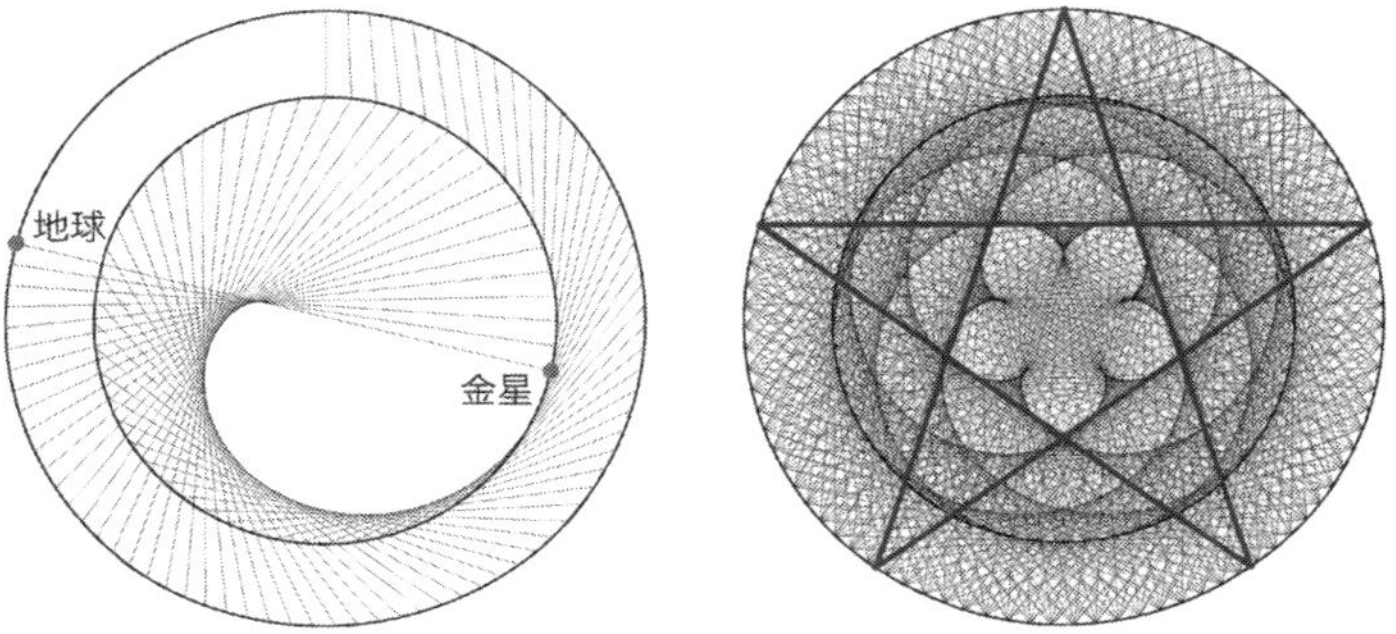

図29　地球と金星を結ぶ線分と会合点

う話でした。

　ところで、地球の公転周期の8倍は２９２２日、金星の公転周期の13倍は２９２１日、金星と地球の会合周期５８４日の５倍は２９２０日で、これらはほぼ同じ。互いの差は０．１パーセントもありません。

　このために、金星と地球との会合点を順番につなぐときれいに五芒星が描かれる（図29：地球と金星を４日ごとに８年分結んだ線分と、五つの会合点を順に結んだ五芒星）ことを知って、疑問が一つ解消したように思いました。

　星の周りに光が広がる様子は、目視でも天体写真でも四芒星、六芒星、八芒星のように偶数の角を持ちます。対称性を考えれば当然です。それなのに、古代から星が五芒星で描かれることが多いのは、五芒星という形自体に力があるだけでなく、金星との会合点を表現する意味も含まれているのではないかと思い至ったわけです。

　それから、金星の公転周期、地球の公転周期、それらの会合周期の比が、5：8：13になっていることには、かつて夢の中で教わったスメラミコトに関わる祝詞が、5文字と8文字の計13文字で構成されていることとも関連を感じました。

金星は、太陽と月に次いで地球への影響が大きい天体ですから、興味深く思います。

二〇二三年三月二十六日
この日は、丹生都比売神社《にうつひめ》（紀伊国一宮　丹生都比売大神《にうつひめのおおかみ》）と高野山奥之院を案内していただきました。高野山奥之院では、スギやヒノキの巨木が林立する参道の両脇に個人や企業、戦国大名、皇族まで含め、あまりにも多くの苔むした墓碑が立ち並んでいることに驚かされました。その数は40万基を超えるそうですが、この1200年ほどの間、人々が高野山に寄せる思いが、これほどまでのものであったことは知りませんでした。墓碑の中で一番の大きさを誇る五輪塔が、徳川二代将軍秀忠の正室のお江のものであることも、意外な驚きでした。

昨日現れた黄色い猫目の黒龍の姿は、意識を合わせるとずっと見えているのですが、霊験あらたかな場所を訪れたにもかかわらず、黒龍には何の変化もありませんでした。

ところが、そんな状況は数時間後に大きく変わります。

帰りの列車を岡山駅で乗り換える頃、テポロハウ長老の窓口を務めていらっしゃる方から連絡がありました。長老はまだ日本滞在中で、明日なら二人で高知に出向くことができるかもしれないというのです。もうなくなった話だとばかり思っていましたので、望外の喜びでしたし、多忙な合間を縫って調整してくださっていることには、自ずと頭が下がる思いがしました。

黄色い猫目の黒龍の眼は、にわかに爛々《らんらん》と輝き始め、その力強さは原初の混沌を感じさせます。神気も掛かってきました。

二〇二三年三月二十七日
出勤中、とある山の近くで一段と強く神気が掛かってきました。
その強さに、「これで会えないなんてことはないな」と思いました。
仕事も順調に片付き、無事に夕方、お会いできることになりました。

待ち合わせ場所であるホテルのロビーには、杖を持った骨太の大柄な男性が立っていました。一目で長老だと判りました。

窓口の方も合流したところで、さっそくお二人も親しい草場様の手による陶彩画『天皇の龍』の現物をお見せすると、長老はしばらくうっとりとした様子で、

「おお、虹の龍……。この龍が、金龍も黒龍も生む……」

と呟き、感慨深げに眺めていらっしゃいました。

私は、湧玉の鳳凰の誕生の経緯について説明し、その中でダイヤモンドの星のことを、

「北極星の方向に、星の核がダイヤモンドでできているハイゲロスという星がある。スメラミコトは、その星からシリウスや金星を経て地球にやってきたと思っている。スメラミコトのエネルギーの源で、銀河のメトロノームのような存在だ」

と話すと、星の名前を訊き返されたので、

「宇宙人から教わったハイゲロスという音ははっきりと訊き取れず、カイケルスなのかカイデュロスなのかも分からないけど、そんな感じの音だった」

と答えました。すると、

「○○○○○。ワイタハとドゴンは知っている。それ以外でこの星のことを知る者に初めて会ったよ。私は今、ショックを受けている……」

「そうだ。確かにそれは龍族の先祖の星だ。炭素からできているし、銀河のメトロノームを作った星でもある。銀河の星々を配置して動かしているが、自分自身は動かない……」

と話してくださいました。

長老がこれまで世界中を回っても、この星を知るのはワイタハ族の評議会とドゴン族の評議会だけだったのだそうです。ワイタハ族は、シリウスからやってきた銀龍であると言い伝えられ、マリ共和国のドゴン族は、シリウスの宇宙人から知恵を授かったと伝えられており、どちらもシリウスと関係の深い部族です。

この星について知っていることを教えていただけないものかと尋ねると、知識は個人でなく評議会で保持しているため、評議会全員の承諾なしには話せないのだという返事でした。そのような事情ですから、ハイゲロスと似る「○○○○○」という発音も、これまで連綿と聖なる星の秘密を守ってきたワイタハ族とドゴン族の評議会に敬意を表して伏せておきます。

確かに音の響きは大切でしょうが、例えば大天使ミカエルの発音が、言語によってマイケルやミハイル、ミゲルとなっても本質が損なわれることのないように、ハイゲロスの発音が○○○○○、あるいはカイケルスやカイデュロスであっても、本質が損なわれるものではないと考えています。音の響きそのものよりも、意識の方がより重要だからです。

その後の話の中で、一昨日、黄色い猫目の黒龍が現れたことと、それが今日の面会と関係すると思っていることを話題にしました。

すると、長老は、

「400年前に日本に来たやつだ。それ以来、ずっと日本を守っている。ロシアの皇帝のところにいたけれど、皇帝がクレイジーになってから日本の侍のところに来たんだ。体は黒いけど腹は白いね」

と楽しげです。

黄色い猫目の黒龍が長老の龍と話した内容を、長老の龍が教えてくれるのだそうです。

私は驚きに口が開いて、目がまん丸になりました。一二日前の、「国家レベルの龍なのではないかと思います」という話も思い出しました。

窓口の方と、

「それは天皇家ではないの？」

「いや、侍だよ」

「豊臣なの？　織田なの？」

と話していますが、そうではないようです。

そこで、私が合いの手を入れるかのように、

「徳川秀忠」

と差し挟むと、長老は大きく頷きました。

「そのとおりだ。そして、この龍は○○○○○の守り手でもある」

帰宅して洗いざらい家人に話すと、静かに聞いていた家人は、全てを理解した様子した。黄色い猫目の黒龍は家人に受け容れられた悦びに舞い上がり、初めて私にその腹を見せました。長老が教えてくださったとおり、腹は白色でした。

今まで、直感を通して少しずつ輪郭を浮かび上がらせてきたハイゲロスに関する話を疑ったことはありませんでしたが、誰に話しても知らないのが不思議でした。それがこの日、同じように認識していた人たちが連綿とその秘密を語り継いでこられたことを知って、とても報われた気持ちになりました。

あと、窓口の方は大変深淵な世界に通じていらっしゃいますが、そのことに十分には気付いておられない方が多くいるのではないかと、ふとそんな気がしました。

さて、ここからは周辺状況の吟味です。

400年前に黄色い猫目の黒龍が秀忠のところに来た場所は、今回と同じ住吉の大海神社であると確信していましたので、まずは当時の秀忠の動向を調べました。

すると、大坂冬の陣において、江戸城を出た秀忠は、二条城を経て御勝山古墳のある河内岡山に、駿府城を出た家康は、二条城を経て茶臼山古墳のある茶臼山に陣を築き、一六一四年十二月十九日、二人は確かに住吉で評定《ひょうじょう》しています（図30）。陣を築いていた岡山と、窓口の方から連絡が入った岡山との地名が一致していることも、何やらいわくありげです。

次に、当時のロシアの皇帝です。一六一三年に、ミハイル・ロマノフの即位をもってロマノフ朝が誕生したのは大坂冬の陣の前年ですので、確かに辻褄が合っています。

また、ロシアと聞いて思い出したことがあります。それは、ある神社に行こうとしていた日の夢の中で、

「今日の祈りは、ロシアの娘、ナナと関係がある」

と告げられていたということです。

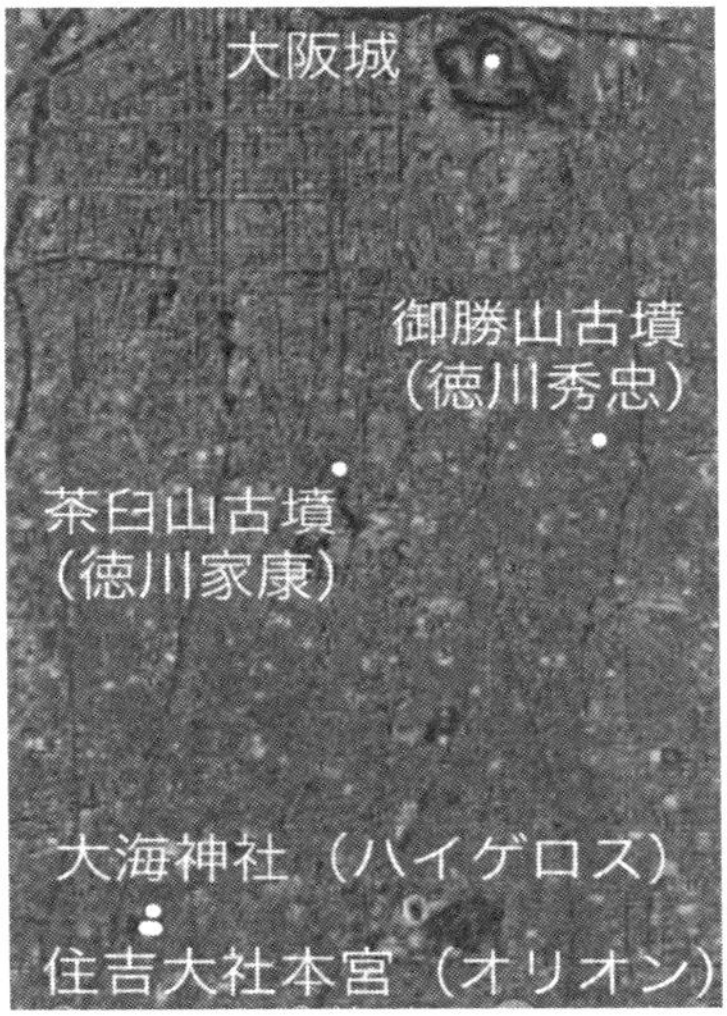

図 30　住吉と大坂冬の陣

図 31　住吉大社と大海神社

当時はロシアと言われても、いかにも唐突な感じがして思い当たることもありませんでしたが、今回、もしやと思い、ロマノフの妃の名前も調べてみたところ、ウラジーミロヴナ・ヤノヴナ・ルキヤノヴナだと出てきます。ナナは名前が「ナ」で終わる女性の愛称ですから、まさにそのとおり。行こうとしていた神社は、ハイゲロスに繋がる大峯神社でしたので、やはりこのことと関係していたのかと思いました。

さらに、位置関係についても、面白いことが分かりました。

古より神は高い所と北方とを源とすると考えられてきたわけですが、大海神社は、住吉大社境内で最も高い場所、しかも北方にあります（図31）。それから、オリオンに存在する時空の裂け目は、北方のハイゲロスへと通じています。

つまり、住吉大社の第一本宮から第三本宮をオリオンの三つ星に見立てると、ハイゲロスに相当するのが大海神社で、しかも、そこにハイゲロスの守り手である黄色い猫目の黒龍が現れたのだということになります。

事実は小説よりも奇なりとは言いますが、住吉大社と大海神社の位置関係が、まさに天の様相を地に移したものとなっていることに気付いた時には、ひとりでに出た拍手が止まりませんでした。黄色い猫目の黒龍も、興奮しているのが判りました。

あとがき

小学校の5年生くらいからほんの数年の間だけでしたが、私は古銭を集めていました。友人が古切手を集めていると聞いて、自分も何か集めてみよう、でも切手では敵わないから別の物にしようと考えたのです。

6年生の時、一年前にお年玉で買った明治時代の一圓銀貨を参考にして龍の絵を描きましたら、それが投票でクラスの卒業文集の表紙として選ばれました。表紙の絵は新たに描かなくてはならないということで描こうとしたのですが、その時にはなぜかどうしても龍の絵が描けず、戦後間もない頃の五十銭黄銅貨を参考にして鳳凰の絵を描いたのでした。龍の後に鳳凰。そう言えばこんなことがあったなと、ふと思い出しました。

さて、天皇の龍が誕生したところで話が終わった前著を、ほぼ書き終えていた二〇二〇年の年末、その龍の働きによって、湧玉の鳳凰が誕生しました。それまでは、世の中にこんなことがあるなどとは思いもしませんでした。

それとともに、「ああ、本は2冊目も書くことになるのだな」と思いました。

それから数か月が経った頃、2冊目の本を書くのに必要な意識の探索の行程が、夢の中で象徴的に示されました。目の前にそびえ立つ大きな独立峰にはどこにも道がありません。深い森の木々の間を一歩一歩、山頂まで進まなければならず、「こりゃ大変だな」とため息が出そうになったものです。

その後で、出版社の社長さまから2冊目出版の話をいただきましたが、書こうとしてもなかなか言葉が出てこず、一向に進みませんでした。気が付くと、3年余りの月日が流れていました。意識の世界の奥へと分け入った結果、果たして、その独立峰の山頂までたどり着いたのか。頂から裾野の景色を眺めることはできないものの、山頂がまだ上にある気もせず、何とか出版にこぎつけました。気長に待ってくださった社長さまには感謝しています。

前著の出版契約を結んだのは二〇二〇年二月二十三日の天皇誕生日でした。天皇の龍に関わる本の出版を天皇誕生日に契約できるなんて、何とありがたいことだろうと思ったのを覚えています。

本著の場合は二〇二四年八月八日で、ライオンズゲートなるものが開く極大日だということらしいですから、度々ライオンが登場する本の出版契約日としては、これまた打ってつけの日だとしか言いようがありません。

黄色い猫目の黒龍が現れたところで話が終わる本著をほぼ書き終えていた今年の三月、その龍の働きによって、オリオンの矛が私のもとにやってきました。それまでは世の中にこんなことがあるなどとは、思いもしませんでした。

それとともに、「ああ、何だか前著のときと状況が似てきたな」と思っています。

別府　進一

著者プロフィール

別府進一（べふ　しんいち）

1968 年、高知県生まれ。

高知県在住。

著書に『天皇の龍　UFO 搭乗経験者が宇宙の友から教わった龍と湧玉の働き』（明窓出版）がある。

連絡先 : oneofuniverse0224@gmail.com

湧玉《わくたま》の鳳凰《ほうおう》
UFO 搭乗経験者《とうじょうけいけんしゃ》が宇宙《うちゅう》の友《とも》から教《おそ》わった
スメラミコトとダイヤモンドの星《ほし》

別府《べふ》進一《しんいち》

明窓出版

令和六年十二月十五日　初刷発行

発行者——麻生 真澄
発行所——明窓出版株式会社
〒一六四—〇〇一二
東京都中野区本町六—二七—一三
印刷所——中央精版印刷株式会社

落丁・乱丁はお取り替えいたします。
定価はカバーに表示してあります。

ISBN978-4-89634-484-4

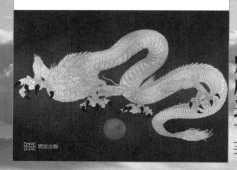

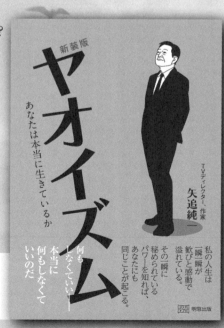

真に仏教は森羅万象の背後に潜む宇宙の摂理を説き、
いのちとこころについての真理を教える美学

理論物理学者 保江邦夫氏絶賛

真に仏教は宗教などではない！
倫理や人生哲学でもない！！
まして瞑想やマインドフルネスのための道具
では 絶対にない！！！
真に仏教は森羅万象の背後に潜む宇宙の
摂理を説き、いのちとこころについての真
理を教える美学なのだ。
この『法華経』が、
その真実を明らかにする！！！！

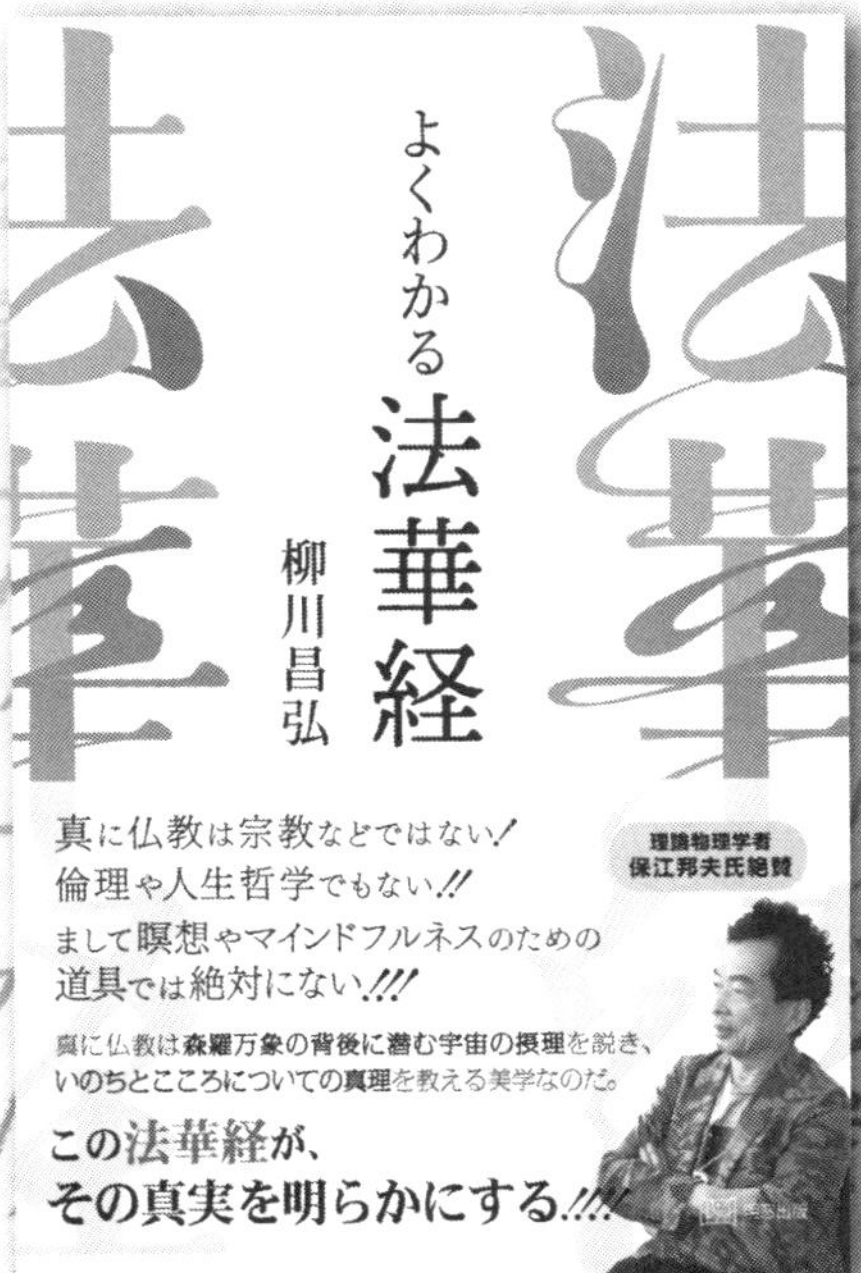

よくわかる法華経　柳川昌弘　本体価格 3,600 円＋税

UFOエネルギーとNEOチルドレンと高次元存在が教える
～地球では誰も知らないこと～

大反響!!

本体価格：2,000円＋税

超地球次元の理論物理学者
保江邦夫博士
×
スーパーDNA医師
松久 正医師

「はやく気づいてよ大人たち」子どもが発しているのは
「UFOからのメッセージそのものだった！」

超強力タッグで実現した奇蹟の対談本！

Part1 向かい合う相手を「愛の奴隷」にする究極の技

対戦相手を「愛の奴隷」にする究極の技／龍穴で祝詞を唱えて宇宙人を召喚／「私はUFOを見るどころか、乗ったことがあるんですよ」高校教師の体験実話／宇宙人の母星での学び―― 子どもにすべきたった1つのこと

Part2 ハートでつなぐハイクロス（高い十字）の時代がやってくる

愛と調和の時代が幕を開ける ―― 浮上したレムリアの島!／ハートでつなぐハイクロス（高い十字）の時代がやってくる／パラレルの宇宙時空間ごと書き換わる、超高次元手術／あの世の側を調整するとは―― 空間に存在するたくさんの小さな泡／瞬間移動はなぜ起こるか―― 時間は存在しない／松果体の活性化で自由闊達に生きる／宇宙人のおかげでがんから生還した話

Part3 UFOの種をまく＆ 宇宙人自作の日本に在る「マル秘ピラミッド」

サンクトペテルブルグのUFO研究所―― アナスタシアの愛／UFOの種をまく／愛が作用するクォンタムの目に見えない領域／日本にある宇宙人自作のマル秘ピラミッド／アラハバキの誓い―― 日本奪還への縄文人の志／「人間の魂は松果体にある」／現実化した同時存在／ギザの大ピラミッドの地下には、秘されたプールが存在する（一部抜粋）

毎年年初にいくつもの予言を発表し、
その脅威の的中率により急速に注目を浴びている
『予言者・ジョセフ・ティテル』

ジョセフ・ティテル
霊的感性の気付きかた

ジョセフ・ティテル著
本体価格：1,500円＋税

霊との心のこもった交信や、霊から遺族への励ましと愛情が、感動を呼びます。

ティテルだから捉えられる死後の世界がわかりやすく描かれ、この世とあの世のことがよく理解できる一冊です。**「霊的感性は誰もが持つものであり、このことに気付けば不安から解放され、この混沌とした日々の先にある世界を見通すことができる」**

本書は、大切な人を亡くして後悔をし続けている方にこそ、読んでいただきたい癒しの書です。

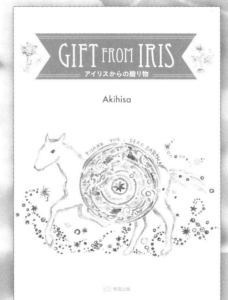